KONOHA HIDEN
SHUGENBIYORI

NARUTO -ナルト-

木ノ葉秘伝

KONOHA HIDEN

祝《しゅう》言《げん》日《び》和《より》

岸本斉史
ひなたしょう

目次

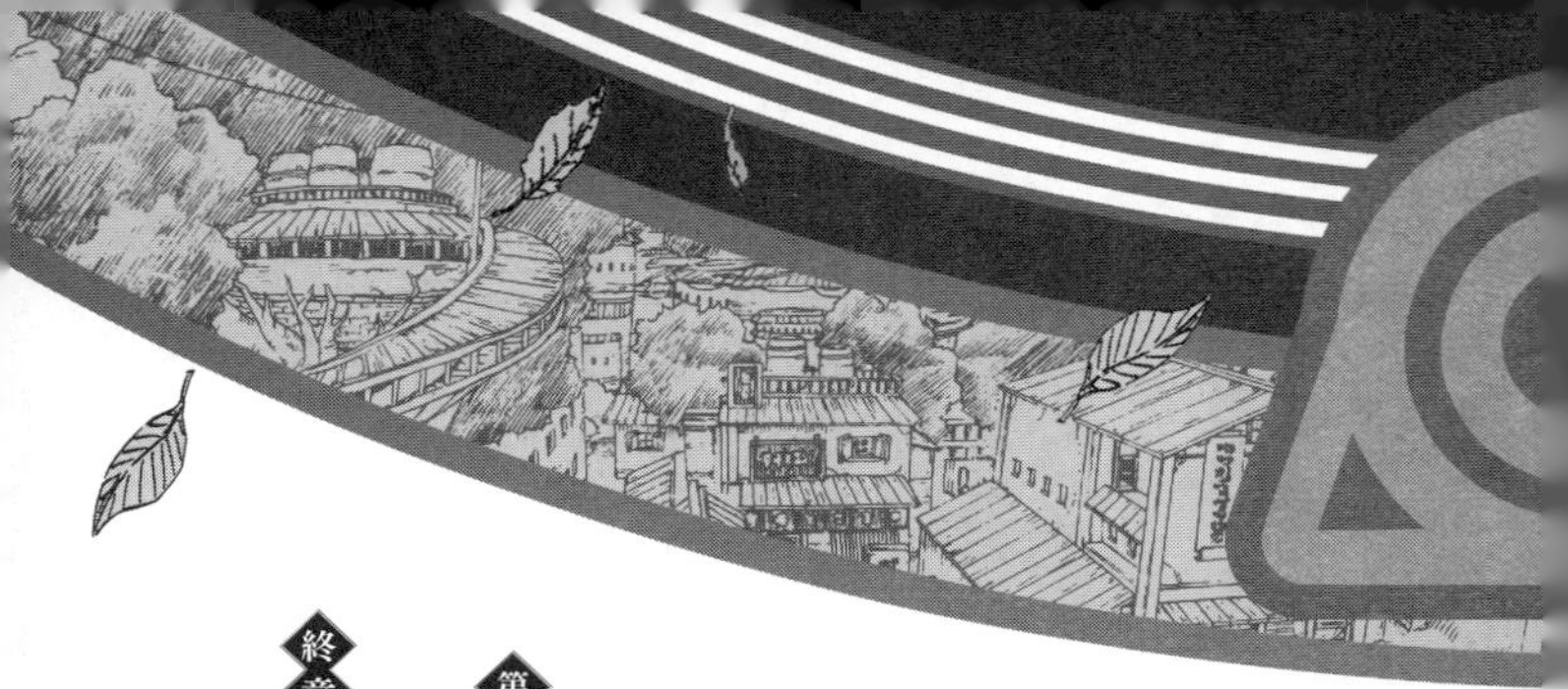

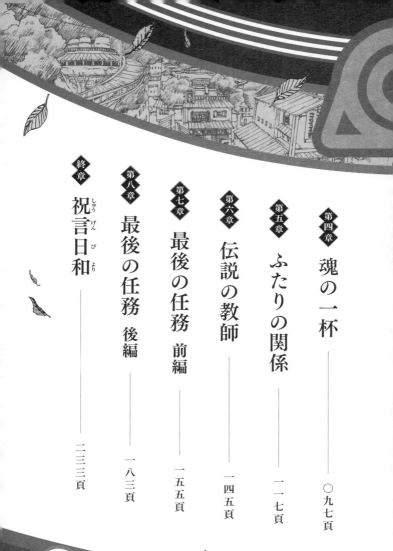

人物紹介

ロック・リー
木ノ葉隠れの里の熱血漢

テンテン
木ノ葉隠れの里の武器使い

秋道《あきみち》チョウジ
木ノ葉一の大食漢

奈良《なら》シカマル
木ノ葉一の切れ者

テウチ
ラーメン『一楽《いちらく》』の店主

春野《はるの》サクラ
木ノ葉隠れの里の怪力医療忍者

山中《やまなか》いの
木ノ葉隠れの里の"美人さん"

うみのイルカ
忍者学校《アカデミー》のベテラン教師

犬塚《いぬづか》キバ
木ノ葉隠れの里の忍犬使い

油女《あぶらめ》シノ
木ノ葉隠れの里の蟲《むし》使い

序章

招待状の傍らにて

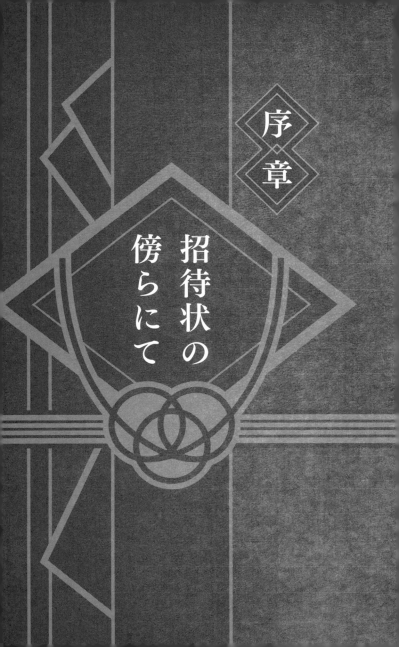

六代目火影《ほかげ》・はたけカカシは悩んでいた。

「さて、どうしたものかね……」

つぶやく声が、物音ひとつしない静かな室内に溶けて消える。

カカシは、いつものように火影の執務室《しつむ》にひとりきりで、書類の山と格闘していた。

目の前には、イスに座った自分の目線よりも高く、書類の束《たば》が積まれていた。それも、左右に何束もだ。うずたかく積まれた書類の内容は、予算や人事など、主《おも》に里の運営に関するものだ。それらすべてに目を通しておくことが、里の長《おさ》たる火影の務めなのである。

だが、それはべつに、たいした問題ではない。

片っ端から目を通して、ハンコを捺《お》していけばいいだけのことだ。こういったものは、一度集中してさえしまえば、意外と呆気《あっけ》なく、あっという間《ま》に終わるものだからだ。

書類の山を処理しきるのが先か、それとも、次々と運ばれてくる書類が自分の視界を埋《う》め尽《つ》くすのが先か、どちらが速いか勝負してみようじゃないか——なんて気持ちでハンコを捺していると、自然と楽しくなってくるものなのだ。

カカシは、いつもハンコを捺しながら（あと少しすれば、自分の顔が部屋の入口から見えなくなってしまうなぁ……）などと、のんきなことを考えながら仕事をしていた。

しかし、今日ばかりは、そんなのんきなことは言っていられそうになかった。

机の上に広げた任務計画表に目を落としたまま、カカシの手は止まってしまっていた。

いや、正確には、指先だけは動いていた。

静寂《せいじゃく》に耐《た》えかねて、あえて指先で机をトントンと叩《たた》いていたのだ。そうやってリズムを取りながら、まとまらない思考をなんとかまとめていく。

任務計画表とは、その名のとおり、里の各忍《しのび》がこの先、どのような任務にどのくらいの期間就《つ》いていく予定であるのかを記《しる》したものである。カカシには、それをいつも以上に、こと細《こま》かくチェックしていかなければならない理由《わけ》があった。

書類の山に埋もれないようにと、端によけておいた封筒に目をやる。

封筒の中身は、ナルトとヒナタ――ふたりの結婚式の招待状だった。

同封されていた返信用のハガキには、すでに出席に〇をつけて、さらにお祝いのメッセージをひと言添《ことそ》えていた。ふつうならばこれで済む話なのだが、ことカカシに限っては、まだ他にやるべきことがあった。

それは、結婚式に呼ばれている他の参加者――特にナルトとヒナタの友人たちが、確実に式に参加できるように、必要とあらば任務の予定を調整すること。

というのも、ナルトとヒナタの友人たちは、今や里の第一線で活躍している忍たちばかりだからだ。一流の忍として、連日連夜、任務をこなす身なのである。

そして、そんな任務には不測の事態がつきものだ。

天候、悪路、負傷……理由はさまざまだが、三日で帰る予定だったものが、けっきょくは里に帰るまでに一週間もかかってしまった……などということもざらにある。

そんなことにならないように、なんとかうまく任務の予定を調整しなければならないのだが、多忙な彼ら彼女らの予定を押さえることは、思いのほか難しい。

それに、任務が終わって帰ってきたその足ですぐに結婚式というわけにもいかない。

できれば、結婚式の前にも一日くらいは非番の日を入れてやりたいと思うのが親心なのだが、世の中というのは、なかなかうまくはいかないもので、カカシは計画表に目を落としたまま、あちらを立てればこちらが立たずといった具合に悩み続けていたのだった。

大人《おとな》の世界と書類には、『建前《たてまえ》』というめんどうなやつが必要なのだ。

ケガをしているわけでも、熱を出して寝こんでいるわけでもない優秀な忍たちに、そう何日も連続して非番を与えるわけにはいかないのだ。

さらには、当然、火影としての責任もある。

しっかりと、万事滞《とどこお》りなく里を運営、維持《いじ》していかなければならない。そのうえで、みなが笑顔で結婚式当日を迎えることができるように、考えなければならない。

目を閉じ、イスの背もたれに深々とその身をあずけながら、カカシは思考する。

が、なかなか妙案が思いつかない。

各人のスケジュール調整は、困難を極《きわ》めた。

――いっそのこと、任務という名目《めいもく》でこの日を押さえてしまうか……。

ふと、そんなことを考えてみる。

それならば、その他の調整も、すべてうまくいくのだが……。

――でも、なーんか、そういうの職権濫用《らんよう》っぽいよねぇ……。

カカシは、腕を組んで難しい表情を浮かべた。

実際には、みなの事情を知っているカカシが、ただできる限り無理のないスケジュールを組もうと悪戦苦闘しているだけという話なので、まったく職権濫用でもなんでもないのだが、こういう事務処理は、まだ少し慣《な》れない。

カカシもまた、長年第一線の現場で活躍してきた忍であったからだ。

「ま、それは最終手段ってことで」

ハハハと、かわいた笑いを漏《も》らして、カカシはひとり思考を続けた。

第一章

フルパワー結婚祝い

〝忍《しの》び隠《かく》れ里《ざと》〟と聞けば、里や忍者に馴染《なじ》みのない多くの人たちは、山々に囲まれた小さな集落を想像するのではないだろうか。

それはきっと、外界とは隔絶《かくぜつ》された、いわゆる『陸の孤島』と表現されるべきところに存在していて、おそらくは、常人ならばたどり着くことは疎《おろ》か、見つけ出すことすら困難な場所にあるに違いないと、そう考えられているのではないだろうか。

しかし、現実は違う。

木《こ》ノ葉《は》の名所としても知られる、里の入口にある『あうんの門』。

この門をくぐった先に広がっている活気あふれる巨大な里の様子《ようす》を見れば、初めてこの場所を訪れる者は、誰もが度肝《どぎも》をぬかれることだろう。

計画的に整備された里内には、住宅地だけでなく学校や病院、さまざまな商店、さらには娯楽施設まで、生活をするうえで必要になるものすべてがそろっているからだ。

ありとあらゆることすべてが里内だけで完結できるようにつくられた——言ってみれば『都市国家』と形容してもいいほどの規模。仮に、生まれてから一度も里から一歩も出なかったとしても、なに不自由なく一生暮らしていけるだけの世界が、そこにはある。

そして、里の周囲は深い森に囲まれていた。

森の中に突如《とつじょ》として現れる巨大都市──それが木ノ葉隠れの里なのである。

そんな里に暮らすのは、なにも忍者たちだけではない。

もともとは複数の忍の一族が集まってつくられた里であったが、たくさんの人が定住する場所には、食事をする場所も必要になってくる。さらには日用品などを売るお店も必要になってくる。すると、当然のことながらそこに目をつける者たちが現れる。

忍たちが生活する場所の近くに、彼らを相手に商《あきな》いをする忍以外の者たち──商人や職人といった人たちが集まってきたのだ。

忍に一族や家族があるように、商人や職人もひとりで里にやって来るとは限らない。彼らにも一族があり家族がある。

商売のために家族そろって里に永住することを決意した者もいれば、元は忍であったが別の職に就《つ》いて頭角を現すようになった者もいる。中には、自分たちは忍の一族の出ではないが、子供をどうしても忍者学校《アカデミー》に通わせたいと引っ越してきた者もいる。

忍の一家、商人の一家、職人の一家……そうしたさまざまな職種、さまざまな背景をもった多くの人たちがともに暮らしていくうちに、長い年月をかけて今のような巨大な里ができあがったのだ。

――そしてこの巨大な里は、今もなお、ゆっくりと成長を続けている。

その大きさゆえ、里をぐるりと一周するだけでもひと苦労だ。なかなかに骨の折れる距離がある。しかしそんな里内を、先ほどから何周も何周も走っている者がいた。

ロック・リーである。

まだ夜明け前の里内を、死にそうな顔をしながらフラフラと走り続けている。

なぜ彼が、里人、そして任務のない忍たちも寝静まっているこんな時間にひとり走っているのだろうか。べつに秘密の特訓をしているわけではない。というか、走りたくて走っているわけですらない。できることなら、今すぐにでも家に帰って眠りたいくらいなのだが、彼にはそうもいかない理由があった。話は、半日ほど前に遡《さかのぼ》る。

その日、六代目火影《ほかげ》・はたけカカシによって、里内に、ある特別任務が発令された。

それは、うずまきナルト、および日向《ひゅうが》ヒナタ両名にだけは、決して知らされることのない極秘《ごくひ》のものであった。任務の内容はこうだ。

『まもなく開かれるナルトとヒナタの結婚式に出席する者は、祝いの品を持参すること』

なんてことはない、ごくごく当たり前の内容である。

もちろんすでに祝いの品の目星を付けている者や、準備をしている者もいたのだが、ナルトやヒナタの友人たちの多くは、みなまだ若い。結婚式にはあまり出たことがない者や、友人が結婚するのは初めてという者も多かったがために、カカシはあえて任務という名目でこのようなことを言ったのだった。

もともとカカシは、物静かで冷静に見えてかなりユーモアのわかる男である。

この極秘任務も、任務という名を冠したカカシ流の粋《いき》な計《はか》らいであった。

しかしその言葉を、誰よりも額面どおりに、そして誰よりも熱い心で受け取ってしまった男がいた。言わずもがな、木ノ葉の美しき碧《あお》い野獣——ロック・リーである。

「ナルトくんからの熱き友情に報《むく》いるためにも、全身全霊をかけて最高の結婚祝いを入手してみせます！」

などと宣言したかと思ったら、軽く引き気味のカカシを残して走り去っていったのだ。

リーにとっても、最初は、修業がてらあれこれと案を出してみようくらいの気持ちであった。元来、じっと座りこんだまま考えごとをするような性格ではない。身体《からだ》を動かしたほうが良い考えも浮かぶはずだと、そのときのリーはそう考えていた。

しかし――

広い里内を何周しても、これといってピンとくる案が浮かばなかったのだ。

いや、正確に言うと浮かんではいたのだ。

二周目あたりで、ふと『ダンベル』という単語は思い浮かんだ。が、論外だ。さすがに結婚式にダンベルを持っていくやつはいないだろうと、即座に却下《きやつか》していた。

だが、それ以降、走れども走れども、なかなか妙案が思いつかないのだ。他の人とは違う自分らしいなにか……。心のこもった贈り物……。喜んでもらえる最高の品……。

考えれば考えるほど、しっくりとした答えが見つからない。

「ボクとナルトくんとの絆《きずな》は、こんなものではないはずです……！」

走りながらそうひとりごちて、リーは覚悟を決めた。すなわち――

――思いつくまで走るのをやめない！

そう心に決めたのだ。〝自分ルール〟である。

自分ルールとは、己《おのれ》の肉体と精神を鍛えるために、一度やると決めたことはたとえ明日《あす》この世界が滅び去ろうともなにがなんでも貫《つらぬ》き通すという男気あふれる特訓法だ。ダンベル以外のナイスな贈り物を思いつくまで、リーは延々と走り続けることにしたのだ。

ちなみにリーは、ただ里の外周をぐるーっとひと回りしていたわけではない。

広い部屋をくまなく雑巾《ぞうきん》掛《が》けで往復するように——と、表現すればわかりやすいだろうか。里を隅から隅までまんべんなく走りきってようやく一周といった愚直な数え方をしていた。

その際、当然のことながら塀《へい》を跳《と》び越《こ》え、木から木へと飛び移り、密集している建物の屋根を伝って走ることになるわけなのだが、忍の隠れ里ではこうして忍者が道なき道を走るといった光景は日常的なものなので、里人たちも特に気にすることはない。

なので、断りもなく屋根の上を走っているからといって、家主から苦情が出ることもないのだ。せいぜい「うちの家の上で、やたらと濃い眉毛をした男が朝っぱらから気合いだなんだと叫んでいてうるさい」といった苦情が、月に一度ほどの割合で来るくらいだ。

歴代の火影たちの顔岩《かおいわ》に見守られるようにして広がる里内を、リーは文字どおり飛び回りながら、がむしゃらに、縦横無尽《じゅうおうむじん》に走り続けた。そうして、新たな案が浮かばぬまま、ついには一睡もせずに朝を迎えてしまったのだった。

里の中心部にそびえる切り立った岩山、そこに刻《きざ》まれた顔岩を朝日が照らしはじめた。

「は……八百……ろくじゅう……よん……」

ゼエゼエと荒い呼吸をくり返しながらつぶやく。もはや歩いたほうが速いのではという速度でそれでも走り続けていたリーであったが、とうとう限界が訪れたようだ。足をもつれさせたかと思ったら、為《な》す術《すべ》なくそのまま前のめりに倒れこんでしまう。

受け身を取る気力もないまま、バタンと地面に倒れ伏す。うつ伏せ状態のまま、リーはなにがいけなかったのだろうと考えていた。

まず、軽く身体を動かせば頭も冴《さ》えてくるはずだと考えた。これが間違っていたのだろうか。いいや、そんなはずはない。頭の中で、すぐさまリーは否定する。

ならば、逆転の発想が必要だと考えて、途中から逆立ちをしたのがまずかったのだろうか。いいや、時として大胆に発想を転換させることは必要だ。それに逆立ちをして里を一周するほうが、ふつうに走るよりもさらに修業になる。これも考え方としては間違ってはいない。ならば、常識を疑えとばかりに後ろ向きで走りはじめたのがいけなかったのだろうか。いいや、あれはあれでいい修業になった。なにも間違ってなどいない。

けれども、ならばどうして、なぜなにも思いつかないのか……。

目の前の地面を呆然《ぼうぜん》と見つめる。先ほどまで火照《ほて》っていた身体が、澄んだ朝の空気によって冷まされていく。汗が冷えて、リーは思わずぶるりと身震いした。しかし、満身創痍《まんしんそうい》状態のリーには、もはや立ち上がる気力すらなかった。

熱き友情だの、心のこもった結婚祝いだのと言っておきながら、気の利《き》いた贈り物のひとつすら思いつくことができないなんて、自分はなぜこんなにも無力なのか……。

ぐっと目を閉じ、リーは己の不甲斐《ふがい》なさを噛《か》みしめる。しかし、無力だ、不甲斐ない、で終わるわけにはいかない。この命を賭《と》してでも祝うと決めた以上、こんなところで立ち止まっているわけにはいかないのだ。疲労困憊《こんぱい》だったリーの瞳《ひとみ》に、再び覚悟の炎が宿った。

すると、ここでリーは、あることに気がつく。先ほどから倒れ伏した自分を見下ろして立っていた何者かの存在に。

いつの間《ま》にそこにいたのだろうか。リーの目の前に、見慣れた脚絆《きゃはん》があった。人の足である。人が立っていたことに、今の今まで、まるで気がつかなかったことに驚きながらも、リーはゆっくりと身を起こしてその男を見上げた。

「ネジ……」

そうして、静かにその名をつぶやいた。

夢か幻《まぼろし》か、そこには、亡《な》き友・日向ネジの姿があった。

「倒れるまで走り続けるとは、相変わらずだな。リー」

以前と変わらぬ凛《りん》とした眼差《まなざ》しで見つめられ、リーは思わず言葉を失った。もう一度会えるとしたら、言いたいことは山ほどあったはずだった。だが、いざそうなってしまうと情けないものでなにも言えない。いや、なにも言わずとも、ネジは理解してくれている。

すべてを見通すようなネジの瞳を見ていると、なぜだかそう思うのだ。

「お前に、どうしてもひとつだけ言っておきたいことがあってな……」

そう言うと、しゃがみこんだネジが優しくリーの肩に手を置いた。ネジの手は温かく、不甲斐ない自分を励ましてくれているかのように感じられた。きっとネジは、悩んでばかりいる自分を心配して現れたのだと、リーは直感的にそう思った。

「ネジ……ボクは……」

「わかっている。みなまで言うな」

艶《つや》やかな長い黒髪を揺らして、ネジが微笑《ほほえ》んだ。そして——

「リー、よく覚えておけ。体力よりも……腕力……。それと日向は……」

言い終わるか終わらぬかのうちに、朝靄《あさもや》に包まれてネジの姿が消えていく。

「……えっ？」

あたりの木々がざわめく。風が、朝靄を吹き払う。

「えっ、ちょっ、ネジ……？　ネジ!?」

呆然として周囲を見回すリーであったが、すでにネジの姿はない。困惑《こんわく》するリーの声に応《こた》えたのは朝の静寂《せいじゃく》だけだった。

「ええっ!?　な、悩んでいるボクに結婚祝いの助言的なものを……。そのために出てきてくれたんじゃないんですかネジぃぃぃっ!?」

「ネジぃぃぃっ!?」と叫びながら、リーは、がばっとその身を起こした。

時刻は、早朝。すでに多くの人が一日のはじまりを迎え活動をはじめている時間帯。

リーは、ぼんやりとしたまま、今の状況を確認する。どうやら、いつの間にか道のど真ん中で寝てしまっていたらしい。里のはずれで人通りがなかったのが救いであった。

カラカラに渇いた喉《のど》を唾液で潤《うるお》し、つぶやく。

「夢……でしたか……」

短く、儚《はかな》い夢であった。リーは、その場に座りこんだまま、うつむいた。

ネジが死んで、すでに数年もの時が経《た》とうとしていた。

しかしリーは、今でも時おりネジの夢をみる。それも、決まってつらい任務の合間や困難に直面しているときに限ってだ。

ふだんは、いくら望んでもネジは夢に現れてくれないというのに。

夢の内容は、主《おも》にネジとふたりきりで修業をしていたり、なぜかネジとふたりだけで過酷な任務をしていたりといったものなのだが、夢の中で、リー自身がネジに向かってなにか積極的に話しかけるということは、どういうわけだかあまりないのだ。

修業法、敵と戦うための連携《れんけい》、任務での作戦など、とにかくありとあらゆることをネジが冷静に語り、そのとなりでリーはそれを黙って聞いているという夢が多かった。

そんな夢をみて目覚めた日はいつも、その内容を思い出しながら、「そこはもっとダイナミックに正面突破でいきましょう！」だとか「ボクが前に出ますから、周囲の警戒をお願いしますよネジ！」だとか、夢の中では言えなかったセリフを反芻《はんすう》してみるのだ。

自分がそう言ったら、ネジはどんな顔をするのだろう。どんな言葉を返してくれるのだろう。最近、だんだんと想像できなくなってきている。

リーは、そのことをひどく気にしていた。

そんな、沈みこんだリーの背中に、突然力強い声が届いた。

「リーよ、朝っぱらからナイス青春だ！」

思わず振り返ると、親指をぐっと立て、白い歯を見せて笑う男がそこにいた。

リーの魂《たましい》の師――マイト・ガイである。

しかし――

「ガ、ガイ先生……」

と、リーは思わず言葉を失ってしまう。車イスでの生活を余儀なくされているガイが、なぜか近くの物置小屋の屋根に車イスに座ったまま乗っていたからだ。

第四次忍界大戦《にんかいたいせん》の際、うちはマダラとの戦いで、ガイは命を賭した禁術・八門遁甲《はちもんとんこう》の陣《じん》を発動させた。ナルトのおかげでなんとか一命は取《と》り留《と》めたものの、代わりに右足に再起不能の傷を負《お》っていた。以降、ガイは車イスでの生活を送っているのだが、右足のギプスに『青春』の文字を刻み、以前と変わらぬ熱き心でリーを励まし続けてくれていた。

そんなガイが、どうやって登ったのか、屋根の上にいるのだから驚きだ。

するといきなり——

「とうっ！」

気合いの入った掛け声とともに、ガイが屋根から飛び降りた。車イスが、がしゃんと音を立てる。車イスごと器用に着地したガイに、リーは慌《あわ》てて駆け寄った。

「あぶないじゃないですかガイ先生！　なんでこんなことを……！」

「車イスでは飛べないと、世の中の多くの人はそう思うだろう。だからオレは、そんなことはないんだということを、この身で証明しようと思ってな」

すさまじいことをさらりと言ってのける。

ガイの卓越した身体能力なくしてはできないことだ。

「里のみんなが——カカシも、エビスもゲンマも、未《いま》だにオレのことをひとりの忍として扱《あつか》ってくれる。それが嬉《うれ》しくてな。オレにもまだやれることがあるはずだ。だから——」

そして、ナイスガイポーズとともにガイが宣言した。

「この先も不可能を可能にし続ける姿をお前たちに見せる！　それがオレの青春だ！」

ガイの言葉は魂の奥底に響く。その言葉のひとつひとつが、つらいとき、苦しいとき、心が折れてしまいそうになったとき、いつもリーを救ってくれた。今もまた、リーはガイの言葉に勇気をもらったのだ。

いつの日にか、ガイのような立派な男になりたい。自分のように迷い悩んでいる者を熱き言葉で励ませるような、そんな男になりたい。

それがリーの、起きているときにみる夢であった。


「ところで、ガイ先生はなぜここに？」

ふと疑問に思ったことを訊《き》いてみると、ガイはなにとはなしに答えた。

「もちろん朝の修業だ。今日は、広い部屋を雑巾掛けするかのように里中をくまなく走って回ろうと考えていてな。どうだリーよ、お前もいっしょにやるか？」

「それはもうやりました」

「たいしたやつだ。だが、悩み事はまだ解決していないんじゃあないか？」

鋭い質問に、リーは思わず目を見開いた。

「な、なぜそれを!?」

「お前の姿を見れば、なにかに悩んで一晩中修業していたことくらいわかるさ。何年お前といっしょに青春していると思っているんだ。だから最初に言ったろう。『朝っぱらからナイス青春だ!』と」

そう言われて、ここではじめて、リーは自分がひどく泥だらけでぼろぼろな格好《かっこう》をしていたことに気がついた。たぶん、あまりの疲労に途中でなにを思ったのか、里中を転がりながら一周などとやりはじめたときの汚れだろう。

「そしてこれはおそらくなんだが、結婚祝いの件で悩んでいるんじゃないか?」

先ほどよりもさらに鋭いガイの言葉に、リーは狼狽《ろうばい》した。

「ガイ先生はボクの心が読めるんですかっ!?」

「いや、オレも結婚式に呼ばれているんだ……」

ガイもまた、悩んでいた。


ありきたりでないものがいい。

だが、奇を衒《てら》いすぎるのも考えものだ。

それでいて印象に残り、かつ、友情・努力・勝利を兼ね備えた結婚祝いはないものか。

リーは、ガイとともに頭を悩ませていた。

自分らしく、熱き青春を感じさせる贈り物とはなんなのか。

そんなものが、はたしてこの世の中に存在するのだろうか。

もしあるとするならば、それはきっと、オシャレな全身タイツを着ているに違いない。

熱き青春といったら汗と涙だろう。汗と涙は贈り物になるのか否《いな》か。

そもそも根性だけで人は生きていけるのだろうか。

ちょっと待てよ。カレーは中辛がいいのかそれとも激辛がいいのかどっちなのか。

ふたりの議論は白熱した。

「やはり今のボクの胃はカレーピラフの気分――」

「待てリーよ」

手を広げてガイがリーを制する。

「話が複雑になりすぎた。こういうときは、初心に戻れだ。だからオレたちも、今一度、基本というやつに立ち返ってみようじゃあないか」

「基本……ですか……?」

「そうだ。そもそも、結婚式とは一体なんなんだ?」

なにやら、哲学的様相を呈《てい》してきた。

リーが答えを見つけられぬ間に、ガイが新たな疑問を口にする。

「では、結婚式に絶対に必要なものとはなんだ？」

リーは、じっと前を見つめて考えた。結婚式とはなにか。結婚式に必要なもの……。

結婚式とは、愛するふたりが夫婦となる式のこと。ならばその式に必要なものは――

「『愛』……なのではないでしょうか……？」

リーは、頰《ほお》を赤らめながらも真《ま》っ直《す》ぐガイを見つめて答えた。

「詩人だな。だがなリーよ、オレは『新郎』と『新婦』なんじゃないかと思っている」

ガイのひと言《こと》を聞いて、リーの身体に稲妻《いなずま》が走った。全身に、雷遁《らいとん》系の術を受けたかのような衝撃である。思わず「ああっ……！」と声を漏《も》らしてしまったくらいだ。

「た、確かに……！　新郎と新婦なしでは、結婚式は行えないです……！」

「だろう？　新郎と新婦なしの結婚式なんぞ、もはや結婚式に非《あら》ず、だ。それではただの『式』になってしまう。文字どおり、なんの式なのかもよくわからないものにだ！」

盲点であった。

ガイは、不器用な直情型に見えて、意外と思慮深い男である。上辺《うわべ》だけではない物事の本質を見抜く力を持っていた。リーにとって、そんなガイの姿はいつだって模範となるべきものであり、憧《あこが》れでもあった。

「では、新郎と新婦の立場になって、なにをもらったら嬉しいのだろうかと考えてみればいいというわけですね？」

「そのとおりだ。よしっ、ならばオレが新郎をやる！　リー、お前は新婦をやれ！」

「はいっ、ガイ先生！」

「贈る側として考えるのではなく、贈られる側として考えるんだ……！」

ふたりは互いに手を取り合い、真剣な眼差しで、じっと見つめ合った。

おかっぱ頭でやたらと太く濃い眉をしたふたりの男が、朝っぱらから無言のまま見つめ合うという光景がそこにはあった。

リーは、必死に考え続けていた。新婦の立場になって考え続けていた。もしもボクが新婦だったら……。花嫁衣装に身を包み、結婚する……。それから――

結婚、出産、家事、育児……。そのような単語が次々とリーの頭の中を駆け巡った。

赤ちゃんを抱っこしたまま買い物をする自分。

赤ちゃんをあやしながら部屋の掃除《そうじ》をする自分。

赤ちゃんをおんぶしながら第七驚門《きょうもん》……開《かい》！　をする自分。

赤ちゃんは、意外と重い。

支え、育てあげるには、相当な力（物理的かつ経済的な）が必要だろう。

瞬間、リーの脳内に赤ちゃんを抱くヒナタと、そばでそれを見守るナルトという映像が浮かびあがってきた。よくよく思い返してみると、リーは今までナルトに贈り物をするということばかりを考えていたことに気づいた。新婦の気持ちになってみて、改めてそれに気づいたのだ。結婚は、ひとりでするものではない。

だとすると、やがて母となるであろう人に贈るべきものは――


リー、よく覚えておけ。体力よりも……腕力……。


夢でみた、ネジの言葉を思い出す。ええ、わかっていますよネジ。ボクじゃなくて、ヒナタさんの心配をしていたんですね。リーは、ひとり頷《うなず》いた。そして――

「見えました……！」

静かに、リーが告げる。

「家庭を守るには、腕力が必要です……。それも、最強クラスの！」

ガイも静かに告げる。

「オレは今、脳内で壊れた我が家の修繕作業を行っていた。さらには害虫駆除、トイレ掃除、買い物の荷物持ちをやっていた。とても……とても腕が、鍛えられた……。だとすると、お互い導き出される答えはひとつだ。オレたちが真に贈るべきものは――」

ガイは、互いの健闘を称《たた》えるかのように微笑んだ。

「――ダンベル、だ」

気がつくと、リーの頰《ほお》をひとすじの涙が伝っていた。

「ボクも……ボクもずっと……二周目くらいから、そう思って……いました……っ！」

抑《おさ》えようと思っても、涙が止《と》めどなくあふれてくる。

「ガイ先生！　ガイせんせえええええええっ!!」

涙と鼻水で顔をぐしゃぐしゃにしながら、リーはガイに抱きついた。嬉しかったのだ。

自分の考えが間違っていなかったことをガイに認めてもらえたことが、ただ純粋に。

そして、ガイもまた泣いていた。涙を流しながら、強く熱く、リーを受け止める。

「リー！　お前は右手のダンベルを贈れ！　オレは左手だあああああ！」

天に向かって、吼《ほ》えるように叫ぶガイ。

「うおおおっ、オレは左手のを贈るぞおおおお!!」

しばしの間、ふたりは身を寄せ合っておいおいと泣き続けた。

ガイのおかげでようやく自分らしい結婚祝いを見つけたリーは、晴れやかな気持ちでダンベルを握りしめていた。あのあと、すぐさまダンベルを買いに走ったのだ。店の店主も、朝一番でダンベルがふたつも売れてさぞ驚いたことだろう。

——見ていてくださいネジ。祝ってみせますよ。このダンベルで……！

力強い瞳で空を見上げて、笑《え》みを浮かべる。

「リーよ、これで結婚式の準備は万全だな！」

「はいっ！　この手にずしりとくる重み……最高の贈り物になりそうです！」

「ようしっ、それじゃあダンベルを持ったまま競走だ！　うぉりゃあああああ！」

言うや否《いな》や、ガイが、車イスのタイヤを勢いよく回転させた。砂けむりをあげながら風のように走り去っていくその後ろ姿を、リーは慌てて追いかける。

「待ってくださいガイ先生っ!!」

木ノ葉隠れの里は、今日も青春日和《びより》になりそうだった。

ちなみにその後——
カカシのもとに「うちの家の裏で、やたらと濃い眉をした男ふたりが朝っぱらから異常なテンションで泣き叫んでいてうるさい」といった苦情が、数件ほど寄せられたという。

第二章

彼女の日常

カッ！　カッ！　カッ！

小気味よい音があたりに響《ひび》く。いつもの演習場。いつもの的《まと》。いつもの練習方法。

だが、そこに立つテンテンの気持ちだけは、いつもと少し違っていた。

「結婚祝いかあ……」

つぶやきながら再びクナイを、投げる。カッ！　と音を立てて、用意した的のど真ん中に見事命中する。しかし、忍具の扱《あつか》いに長《た》けたテンテンにとっては、立ち止まったまま、しかも動きもしない的の任意の場所にクナイを命中させることくらい朝飯前であった。

そして実際、テンテンは朝食前にこの練習を行っていた。

早朝、演習場で手裏剣《しゆりけん》やクナイの練習をして身体《からだ》を温めてから朝食を摂《と》るというのが、任務などがない日のテンテンの過ごし方であった。朝食は、このまま演習場で食べてしまうことが多い。近くの売店で蒸《ふ》かしたての肉饅頭《にくまんじゆう》を買ってきて、お茶といっしょに軽く済ませるというのがいつものお決まりのパターンだった。

「どうしよう……」

再びつぶやいて、腕を振り下ろす。カカカッ！　と今度は先ほど真ん中に命中したクナイを囲うようにして手裏剣が刺さった。これもまた、テンテンにとっては目を閉じてでも容易にやってのけることができるほど簡単な技であった。

いや、テンテンにとっては——どころの話ではない。

こうしてテンテンが最初に行う練習は、忍《しのび》と名乗る者ならば誰もがふつうにできることばかりである。それどころか、忍者学校生《アカデミー》でもやがてできるようになるものであったし、名門の忍の家に生まれ育った者ならば、親や兄弟などから教わって忍者学校《アカデミー》に入る前に身につけていてもおかしくないような技術である。

要するに、ものすごく基本的なものであった。

では、なぜテンテンがそんな基本的な技をこうして今でも練習しているのかといえば、それはひとえに師であるガイの教えによるところが大きい。

『基礎をおろそかにするやつに明日《あす》は来ない！』

初めてガイと修業したときに言われた言葉だ。

これにはまだ幼かったテンテンもなるほどと感心した。ちなみに、となりにいたリーは感動のあまりむせび泣いていた。これにはさすがのテンテンもドン引きした。

しかし、ガイの教えどおり、テンテンは基礎訓練を今でもしっかりと続けていた。


もともと、テンテンは多彩な術を操《あやつ》るような器用な忍ではなかった。

昔から時空間忍術の才能があるとは言われていたが、反面、チャクラのコントロールが他の忍よりも下手《へた》だと言われたこともあった。華麗《かれい》な忍術や複雑な幻術を次々と繰《く》り出すような凄腕《すごうで》のくノ一にはどうやらなれそうもないと、早い段階で気づいてしまったのだ。

しかし、気づいてしまったからといって、強くてカッコイイくノ一になるのを早々に諦《あきら》めてしまうようなヤワな精神は持ち合わせていなかった。

テンテンの場合、幼い頃より自分の向き不向き、そして不器用さに気づいてしまったことは、むしろ幸せなことであったとさえいえる。限られた条件の中で、自分になにができるのかを必死に考え続けることができたからだ。おかげで、答えを見出《みいだ》すのと同時にそれのみをひたすら追求していくことができた。

苦心の末、テンテンが見出した答え——それは忍具であった。

手裏剣やクナイなど、忍であれば誰もが持っているありきたりな装備品である。だが、その扱いのみに特化した——言ってみれば専門職と呼ばれるような忍はまずいない。

テンテンはそこに着目した。ありふれた忍具を誰よりもうまく使いこなすのはもちろんのこと、他の忍たちでは滅多《めった》に扱わないような忍具、ふつうの忍ではまずお目にかかったことがないであろう珍しい忍具、そうした多種多様な形をしたありとあらゆる武器を操って戦うという独自の道を模索しはじめたのだ。

テンテンがそう考えるに至ったのは、やはり師であるガイと、同じ班になったリーやネジの影響によるところも大きい。ガイは、里一番の体術の使い手として名を馳《は》せている男であったし、リーは、そんなガイに憧《あこが》れてひたむきに身体を鍛え続けていた。そして幼い頃より天才と呼ばれていたネジも、木ノ葉《こ　は》の名門・日向《ひゅうが》一族に伝わる柔拳《じゅうけん》を使う。

彼らとともに過ごし、修業し、ときには組み手を行っているテンテンもまた、相当な体術を身につけていた。そもそも、もとより忍術や幻術よりも体術の素養があったのだ。

ガイの熱血指導によりメキメキと実力を身につけていったのはいいのだが、それはいっしょに指導を受け修業をしているリーやネジにとっても同じことで、しだいにテンテンは、体力や腕力ではどうしてもふたりに及ばないという現実に直面するようになっていった。

里の中でもとりわけ体術に関して全体的なレベルの高いガイ班なので、その修業についていけているという時点で、また、リーやネジの訓練相手をこなせているという時点で、テンテンの体術のレベルも里の他の忍たちとくらべてかなり優秀なものではあった。

だが、その真《ま》っ只中《ただなか》に身を置いているテンテンとしては、やはり無意識のうちにリーやネジ、果てはガイと自分とをくらべてしまっていたのだ。

――みんなの中で、自分が一番できていない。

そんな思いを、彼女は常《つね》に抱《かか》えながら修業していた。

しかし同時に、そんな思いが、彼女に独自の道を歩ませた。

ガイたちは拳《こぶし》で岩を割る。自分は拳だけではそこまでの次元にたどり着けない。

だからテンテンは、その拳にクナイを握りしめたのだ。

リーやネジに並び立つために。彼らとともに歩んでいけるように。


やがてテンテンは、幼い頃よりあった時空間忍術の才能にも磨きをかけ、口寄《くちよ》せによって巻物から無数の忍具を自由自在に取り出して戦えるようになった。

その頃になると、さまざまな武器の知識が増えていったのも手伝って、テンテンは忍具の持つ魅力にドップリと嵌《はま》っていた。思い返せば、もともと忍具の持つ無駄のない形――機能美とでも言うべきものに惹《ひ》かれていた面もあった。

忍者学校《アカデミー》時代、クナイは地味で可愛《かわい》くないと言っていた級友がいたが、彼女たちはなにもわかっていない。地味で可愛くないからこそこんなにも魅力的なのだ。

当時は思っただけで口にはしなかったが、一流の忍具使いを目指して修業をしている今なら言える。誰よりも忍具のことを考え続けてきた今だからこそ言える。

武骨な刃《やいば》の中にも、美しさはある。

忍術にも幻術にも、そして体術にも負けない美しさが、そこにはある、と。

言えるといっても、もちろん、テンテンはあえて人にそんなことを言ったりはしない。

それは、言葉ではなく行動で——たとえばクナイで狙った的を見事射抜《いぬ》くことによって語るべきものであると思っているからだ。逆に言えば、語れるほどの腕にならなければ意味がない。だから、テンテンはただの一日も基礎訓練を欠かしたことはなかった。毎日黙々と武器を磨き、投げ、今日もまた的に当て続けているのだ。リーとネジ——その努力と才能を誰よりも間近で見てきたテンテンだからこそたどり着いた練習法であった。ふたりとも、どんなに強くなっても基礎をおろそかにすることだけは決してしなかったからだ。

こうして——

誰でもできる当たり前のことを、ともすれば、たいして練習などしなくとも少し勘《かん》の良い者なら器用にやってのけてしまうようなことを、それでもテンテンは、何千、何万回とくり返してきた。この身体に、腕に、そして指先に、感覚を染みこませていく。

実戦では、的は止まってくれない。自分もまた、止まれない。

止まるときは、死ぬときだと、そう己《おのれ》に言い聞かせながら、それでもまずは、止まっている的の中心にしっかりとクナイを当てる練習をする。

やがて、何千、何万回ものくり返しの果て——

複雑に動いている的すらも、瞬間、あたかも止まっているかのように感じられるようになってくる。手裏剣が、クナイが、吸いこまれるかのように命中するようになってくる。

誰にでもできる練習を、毎日休みなく延々とくり返すことは、決して誰にでもできることではない。それをやり続けた者にしか見えない世界が、確かにあるのだ。

そうした地道な修業の成果もあってか、仲間たちの間でも、忍具の扱いに長《た》けている者といえばテンテンだろうと、真っ先に自分の名前が出てくるくらいの腕前にはなった。

これは、当然のことながらテンテンにとってたいへん嬉《うれ》しいことであり、同時に誇りでもあったのだが、今日ばかりはそのことでいささか悩んでしまうこととなった。


「あー、もう、なにも思いつかない！」

声とともに、ズガガガガッ！　と一際《ひときわ》大きな音が静かな演習場に響きわたる。すべての的が、手裏剣やクナイだらけになっていた。無論、ひとつたりとも失敗はない。

当初、テンテンは結婚祝いと聞いて、すぐさま「よーしっ、特注のクナイにしよう！」

などと考えていた。ひとり納得し、満足して、これでこの話は終わったはずだった。

しかしその夜——

眠りに就《つ》こうと横になったとき、暗くした部屋の天井を見上げながらふと「クナイ以外だとなにがいいかなー」なんてぼんやりと考えてしまったのがいけなかった。

自分でもびっくりするほどなにも思いつかなかったのだ。テンテンは、ほとんど眠ることができぬまま悶々《もんもん》としながら夜を過ごすはめになった。おかげで寝不足である。あくびを噛《か》み殺《ころ》しながら、的に刺さった手裏剣やクナイの回収に向かう。

テンテンがよく修業に使う演習場には、地面にたくさんの杭《くい》が刺さっていた。人の背ほどの高さのある太い杭である。体術の打ちこみ稽古《げいこ》などに使う忍もいるが、テンテンはこの杭に持参した的を装着して練習していた。

その的から、ぐっと力を込めては一本一本クナイを引き抜いていく。しばし黙ってその作業をくり返しながらも、テンテンは頭を悩ませていた。その悩みは、特注クナイがダメなら他の忍具にすればいいだとか、もはやそういう次元の話ではなかった。

忍具といえばテンテンと言われるようになったことは、素直にありがたいことである。そのテンテンがテンテンらしくやはり忍具を贈り物にする。べつにおかしくはない。

けどちょっと待った！　それだとあまりにもふつうすぎじゃない？

昨夜から、なぜだかそんなことばかり考えてしまうのだ。心に引っかかるものがある。なにが引っかかるのか。その答えに、実はもう気づいていた。

「結婚か……いいなあ……」

杭にもたれかかり、手持ち無沙汰《ぶさた》にクナイを弄《もてあそ》びながら、テンテンはため息をついた。

心に引っかかるのはこのことだ。ナルトとヒナタが結婚する。それはめでたいことだ。けれども自分は彼氏のひとりもいないまま、やれ手裏剣だクナイだ空飛ぶギロチンだなどとはしゃいで、まるで色気のない生活を送っている。結婚話を身近に聞いて、本当にこれでいいのだろうかという思いが、突如《とつじょ》として頭をもたげてきてしまったのだ。

朝から晩まで忍具忍具忍具忍具……。乙女《おとめ》として、本当にこれでいいのだろうか。ちなみに、ここ最近の一目惚《ひとめぼ》れは、なんといってもやはり空飛ぶギロチン。この名前を見ただけで好きになってしまった。もうこれは買うしかないでしょ。

それから、最近お気に入りのファッションは、なんといってもやはり手首に着けるアクセサリー。引っ張ると口寄せ用の巻物が展開できて、瞬時に忍具を取り出すことができる優《すぐ》れもの。これは便利。いつでもどこでも暗器《あんき》でエンジョイできる。流行の最先端だ。

けど、本当にこれでいいのだろうか？

もはやお店を開けそうなくらいいろいろと珍しい武器を集めてしまったが、それでも気がつくと新しいクナイを買ってしまう。やはりクナイは基本だなとテンテンは強く思う。

日頃から珍しい忍具ばかり見ていると、やっぱりクナイだなあという気持ちになったりするものだ。まあ、けっきょくは両方好きで両方集めてしまうのだけど。

だけど、そんなのべつにいいじゃない。クナイは何本あっても困るものじゃないし。

あ、でも、これは珍しい彫刻が施《ほどこ》されているから任務に持っていくのはやめよう。芸術品だ。家に飾るべきだよね。けどそれなら任務用のももう少し買っておかなくちゃ。すぐになくなると困るから予備も用意しないとね。そうだ、せっかく買い物するんだったら他にもまとめて買っておいたほうが手間にならなくていいかなー。

なんて言っているうちに気がついたら家の壁一面クナイだらけになった。

それでもテンテンは満足げだ。よーし、こうなったら明日《あした》の任務で投げまくろうとか、そういうことを考えているのである。

本当に、これで、いいのだろうか……？

——いや、よくない。

このままだと、たとえ特注クナイをプレゼントしたとしてもみんなから——

「またクナイか……」

「でもテンテンだし……」

「テンテンといえばクナイだし……」

などと思われてしまう。心外である。あたしはクナイだけの女じゃない。空飛ぶギロチンだってあるんだから。違う。そういうことでもない。

テンテンはクナイの手入れをしながら悩み続けた。

特注のクナイ以外で結婚祝いにふさわしい思い出に残る品はなにか、と。


「クナイだけじゃなかったのか……！」

「さすがテンテン！」

「テンテンといえば美意識の塊《かたまり》だよな！」

などとみんなから言われるような贈り物はなんだろう。いっそのこと、これからどこかオシャレな雑貨でも置いてあるような店にでも行ってみようか。

「う〜ん、でも金欠気味だし……」

空飛ぶギロチンは高かった。でも一点ものだ。そんなもの、買うに決まっている。

『迷ったら買う』というのが武器を収集する際のテンテンならではのルールであった。

「えっと……ということはつまり……」

目を閉じて、脳内で情報を整理してみる。現実的な問題として、まず予算というものがある。贈り物をするにもそこは踏まえなければならない。次に、特注クナイではないなにかということで、まず特注クナイの特徴を考えてみるべきか。その逆を連想すれば、いい考えが思いつくかもしれない。悩みながらも、テンテンはそう結論づける。

だとしたら、贈るべき結婚祝いは――

テンテンは、静かに目を開けた。

「限られた予算で手に入る乙女心を感じさせ人を殺せないもの……！」

これだ！

「なにこれ意味わかんない！」

ダメだ！　テンテンは頭を抱《かか》えた。自分でももうなにを言っているのかよくわからなくなってきた。気がつけば手にしていたクナイは無意識のうちに手入れが終わり新品同様に鈍《にぶ》く輝いているしもうダメだ。しょせん自分は忍具しか取り柄《え》のない女なんだと思い知り絶望する。このままだとまずい……。なにか、もっと他に、なにかないのだろうか……。

と、ここで――

「テンテーン！　テンテーン！」

遠くから、自分の名前を呼ぶ声が聞こえた。声が、だんだんと近づいてくる。声の主《ぬし》は顔を見なくともわかる。こんな朝っぱらから大声を出して走ってくるのはリーくらいだ。

しかし、演習場にやって来たリーの姿を見て、テンテンは驚きのあまり目を見開いた。

「テンテーン！　結婚祝いは、もう決めましたか？」

ブンブンと手を振りながら笑顔で駆けてくるリーに、テンテンは思わず声をあげた。

「リー!?　朝っぱらからどうしてそんなことに!?」

やって来たリーの格好《かっこう》は、女装をしているのだろうか。エプロンまで着けて、まるで買い物帰りのおばちゃんのようだった。その顔は、化粧のつもりなのだろうか。全体がおしろいで不自然なほど真っ白なうえ、雑に塗られた赤い口紅のせいでやたらと口が大きく見える。おまけに眉までこんなにも濃く太い。いや、よく見たら眉は素《す》のままだ。

ともかく、突如《とつじょ》としてまったく理解ができない見た目となったリーが現れたのだ。

これでは驚くなというほうが無理というもの。

もしもこの姿をテンテンではなく知らない人が見たら、悲鳴をあげるのではないだろうか。しかもなぜか片手にはダンベルをしっかりと握りしめている。本当に理解できない。

その姿は、もはや意味がわからなさすぎて怖《こわ》いという次元に達していた。

「な、なんなのっ!?　なんでそんな――」

動揺を隠しきれないテンテンに、リーが興奮気味に答えた。

「ボクが新婦で、ガイ先生が新郎をやっていたんです！　そのあと、ボクの服が汚れていたので、ガイ先生の教えに従って改めて主婦の気持ちになって考えてみようとこの格好に着替えたんです！　そうしたら、やっぱりダンベルだなって再確認できたんです！」

「どうしよう！　説明を聞いてもさっぱり理解できないんだけど！」

というか、より意味不明になってしまった。

なんでこの格好？　なんでダンベル？　不気味だ。

リーが、嬉々《きき》としながらダンベルを持ち上げてみせた。

「ボクとガイ先生は、結婚祝いにこれを贈ります！　テンテンはなににするんですか？」

そのセリフを聞いた瞬間、テンテンのなかでなにかが弾《はじ》けた。

理解できないけど、なんか理解できた。どうしてそうなったのかはわからない。しかしリーとガイ、ふたりは結婚式にダンベルを持っていくつもりらしい。

途端に、今まで抱えていたすべての悩みが矮小《わいしょう》なものに思えてきた。頭の中が、すーっと冴《さ》えわたり目の前にあった霧が晴れたかのような感覚になる。

「テンテンとかぶってしまったらどうしようかと思いまして訊《き》きに来たんです」

リーが、口紅まみれの顔で、にやっと笑《え》みを浮かべながらそんなことを言う。

「いや、かぶらないでしょふつう……」

真顔《まがお》でそう答える。

「そうでしたか。それはよかったです！　それでは、ボクは修業を続けますね！」

「その格好でっ!?」

真顔を保つことができない。それがガイやリーのおそろしいところである。

来たときと同様にものすごい勢いで走り去っていくリー。

その背中を見送りながら、テンテンは「う～んっ」と思いっきり伸びをした。

そして——

「特注クナイでいっか！」

迷いはすでになかった。テンテンは、清々《すがすが》しい気分で声をあげた。ダンベルにくらべて、自分はなんてまともなんだろう。よかった。あたしはまだ、大丈夫。

「さあ、練習、練習♪」


カッ！　カッ！　カッ！

再び、小気味よい音があたりに響く。

いつもの演習場。いつもの的。いつもの練習方法。
そしていつもと、同じ気持ち。
これが、テンテンの日常である。

第三章

肉と湯けむり

ゆらりと、炎がゆれた。

火を見つめていると、人はどうしてこんなにも落ち着くのか。

奈良《なら》シカマルはふと考える。

おそらくは原始――まだ人が文明を持たずに暮らしていた頃から、ゆらめく炎は常《つね》に人とともにあった。炎は、ときに夜の闇《やみ》を照らし、ときに人々を寒さや外敵から守り、また、仲間の居場所や自分の帰るべきところとしての目印にもなった。

古来より脈々と紡《つむ》がれてきたそうした人の営《いとな》みが、自分の身体《からだ》にも受け継がれているのだろう。だから、暖かな炎を前にすると、こんなにもほっとした気持ちになるのだ。

そしてそれは、どこか木ノ葉《このは》の掲げる『火の意志』に通ずるものがある。

親から子へ。子から孫へ。師から弟子《でし》へ。友から友へ。人から人へ。

想《おも》いをつなげ、伝えていく。

はじめは小さな、それこそ吹けば消えてしまうような灯火《ともしび》だったかもしれない。

けれども、そんな誰かの灯火は絶えることなく今でも受け継がれ息づいている。

だからこそ、人はこうして炎を前にして安堵《あんど》できている。どんなに時が流れたとしても、全身の細胞ひとつひとつに刻《きざ》まれた太古の記憶がそうさせるのだ。

そして人は、そんな火を使い食物を調理し、火を囲みながらそれを食してきた。

そこには、すでに団欒《だんらん》という光景があったはずだ。

今も昔も本質的にはなにも変わらない光景だ。現に今も、シカマルは親友の秋道《あきみち》チョウジとふたりで、炎を前にしながら食事をしていた。

喧騒《けんそう》。笑い声。そして食器がたてる音。そこに、肉を焼く音が重《かさ》なった。

焼肉Q。

シカマルたち行きつけの店である。

焼肉屋というと、昼はそれほどでもなく夜に混雑するという印象があるが、この店は昼も夜も賑《にぎ》わっていた。安く、おまけに肉の質も良いことから人気があるのだ。

なので、今まさに昼時という店内は、まるで戦場のようだった。

あちこちの席から飛ぶように注文が入り、ビールやウーロン茶の入ったジョッキを手にした店員が駆けずり回っていた。忙しそうどころではない。はっきりと、忙しいのだ。

そんな店員の様子《ようす》を横目で眺めながら、シカマルは肉をひと切れ網《あみ》の上に置いた。深い紅色《べにいろ》をした綺麗《きれい》な肉にはツヤがあり、脂《あぶら》はまるで真珠のように輝いていた。新鮮な証拠だ。

ジュウッという美味《うま》そうな音と香《こう》ばしい肉の香りに包まれた店の片隅――

いつもの席で、シカマルとチョウジは昼食を摂《と》っていた。

つい先ほどのことだ。

買い物に出ていたシカマルは、チョウジとばったり会っていた。

そのままふたりはしばらく話していたのだが、立ち話もなんだからどこか店にでも入ろうかという話になった。チョウジの「ちょうどお昼時だし、軽く肉でも食べていこうよ」というひと言《こと》で、馴染《なじ》みの店・焼肉Qに入ったというわけだ。

まるで茶屋にでも寄って少し休憩していこうくらいのノリだったが、チョウジはいつもこの調子だ。もちろん、軽く――ではなく、がっつり肉という肉を食べるのである。

網の上の肉に、肉汁が浮いてきた。シカマルはそれをひっくり返す。見事な焼き色だ。

肉は焼きすぎると硬くなる。ほどよい焼き加減を見極《みきわ》めなければならない。

一般的に、肉の焼き加減を特に意識していない人の焼き方では、その多くが焼きすぎの傾向にあるということが最近の研究結果によってわかっている……らしい。以前、チョウジがそのようなことを言いながらまだあまり焼けていない肉を食べていた。チョウジは勢いのまま食べる傾向にあるが、もっと焼いたほうがいいとシカマルは思った。

網の上の肉が、そろそろ食べ頃を迎えた。シカマルが箸《はし》を伸ばそうとすると、目前で肉が掻《か》っ攫《さら》われた。チョウジである。チョウジは、「はむっ」と言いながら肉を頬張《ほおば》った。

「オレの肉が……」

「えっ？　ああっ、ごめんよシカマル。ちょうどイイ焼き加減だったからつい……」

間違って肉を取ってしまったことに気づいたチョウジが、すまなそうな顔をする。

「まあ、いいや。まだたくさんあるしな」

そう言って、シカマルがまた肉をひと切れ、網の上に置いた。

「焦《こ》がすよりかはマシだろ？」

シカマルがにやりと笑うと、途端にチョウジも笑顔になった。そして、口の中にあった肉を勢いよく米で追いかけはじめた。

「この肉、すごくおいしいよ」

悪いと思って気を遣《つか》ったのか、モグモグしながらチョウジがそんなことを言いだした。

「それに炭火で焼くのは素人《しろうと》には難しいんだ。だからこうしてたくさん焼いてたくさん食べるときは、やっぱりガスの方が全体的にうまく焼けるんだね。ちょうどいい火力だよ」

違う。火力の話だった。話しながらも、チョウジはガツガツと米をかきこんでいく。

あーあ、あれじゃあすぐに丼《どんぶり》も空《から》になっちまう。シカマルは慌《あわ》ただしい最中《さなか》の店員をなんとかつかまえるとおかわりの注文をした。

こうしたチョウジの豪快な食べっぷりは、見ていて本当に気持ちのいいものがある。が、いざ目の前でそれをやられると、あまり食べていない自分まで、なぜだかお腹《なか》がいっぱいになる。なのでシカマルは、こういうときいつも自然とチョウジの世話を焼く係になってしまうのだった。けっきょく、次に焼いた肉もチョウジに渡すこととなった。

チョウジの、凄《すさ》まじいまでの箸捌《はしさば》きによって瞬《また》く間《ま》に目の前の肉が消えていく。焼きあがったばかりの肉が、次々とチョウジの口の中に消えていく。たくさん肉を頬張ったチョウジは、なんとも幸せそうだ。おまけに、ここ最近ではその食べっぷりにさらに貫禄《かんろく》が増してきたなと思わずにはいられない。

肉、米、肉、米、肉、米、肉、肉、肉……と食べ進めるチョウジを眺めながら、シカマルは、やっぱり髭《ひげ》があるからだなと結論づける。

ここ最近、チョウジはガラリと見た目の印象を変えていた。

もっとも目に付くところといえばまず顎髭《あごひげ》だろう。好き放題長く伸ばしているわけではなく、オシャレに整えたものだ。それだけじゃない。以前は長くしていた髪も短めにして横に流していた。全体的にスッキリと落ち着いた雰囲気になっているのだ。

やはり髭があるからか、そして髪も切ってさっぱりとした印象になったのと相まって、長年いっしょに過ごしてきたシカマルの目から見ても、今のチョウジはだいぶ大人《おとな》っぽくなったように見える。だから肉を食べている姿にも以前とは違う貫禄があるのだ。

「オレも髭でも生《は》やそうかね……」

背もたれに寄りかかりながら、シカマルがつぶやいた。

「うん？　どうして？」

吸いこむように肉を食べて、チョウジが顔をあげた。無我夢中に食べているように見えて、チョウジはちゃんと話を聞いてくれている。それに安心して、シカマルが続けた。

「オレよ、お前と違って子供の頃からまるで変わっちゃいねーだろ？」

後ろで結《ゆ》った髪に触れる。シカマルは昔からこの髪型一筋だ。長い髪を後頭部でまとめて上に立てるというシンプルなものだ。しかし、べつにこだわりがあるわけではない。生《せい》来《らい》ものぐさ気質であったシカマルにとって、これが一番楽な髪型だったのだ。

しいてこだわりがあるとすれば、髪型も服装も楽なものに限るというくらいか。

しかしそれは、あくまでもそう言えないことはないというだけのことであって、本当はこだわりからくるものなどでは決してなく、無関心からくるものであった。

シカマルには、無駄に格好《かっこう》をつけるためや見栄《みえ》を張るためにわざわざ着心地が悪かったり動きづらかったりする服装を選ぶ者の気持ちが理解できない。いつでもどこでものんびりと雲でも眺めながら昼寝ができるような服が一番だと考えていた。幼い頃から「できることなら一日中暖炉《だんろ》の炎でも見つめながら生きていきたい……」という、およそ世間一般が考える子供というイメージからかけ離れた性格をしていたシカマルにとって、髪型だの服装だのというものに関心がなかったのも無理もないことである。

だが、長年連れ添った親友が大人っぽい見た目に変わったことを受けて、シカマルにも思うところがあった。それというのも、シカマルは早くから中忍《ちゆうにん》となったため、かなり若いうちから里の運営に携《たずさ》わる仕事——たとえば中忍試験の監督や、それに伴《ともな》う打ち合わせや会議に出席することが多かったのだが、当然まわりの者はすべて年上の大人であった。

そうした責任ある立場・状況に身を置いているうちに、シカマルは『大人と同じ立場で』だとか『大人のように冷静に』だとか『大人みたいに毅然《きぜん》とした態度を』だとか、そういったことを常々考えて行動するようになっていった。

そんなシカマルにとって、『大人のように見える』というのはひとつのキーワードでもあるわけだが、昔から見た目が変わらない自分はチョウジとくらべるとどうなのだろうと、ふとそんなことを思ってしまうのだ。それが先ほどの髭発言に現れたのである。

「よく『昔と変わらないね』って言われるんだよなあ……」

シカマルがそうぼやくと、モグモグと食べ進めながら、チョウジが首を傾《かし》げた。

「でも、それは髪型の話でしょ？　あ、おばちゃんこれおかわり！」

　空《あ》いた皿を重ねて、チョウジが口もとを拭《ぬぐ》った。

「ボクから見ると、シカマルは昔にくらべてだいぶ変わっているように見えるけど」

「そうかあ？　大人っぽく見えるかオレ？」

「うん。やっぱり忍《しのび》連合の重要な会議とかに出ているからかな。昔とくらべてかなりしっかりとした顔付きになっていると思うよ。このボクが言うんだから間違いないよ」

　チョウジに太鼓《たいこ》判《ばん》を捺《お》される。

「ああ、そういや、オヤジに似てきたってのもよく言われるな」

　自分の顔は年中鏡で見ているから気づかないのだろうか。ただ、やっぱり髭でもあればもう少し威厳《いげん》があるように見えると思うんだがな……。

　シカマルが髭の生えていない顎に手をやって考えていると、おかわりで頼んだ肉の大皿が運ばれてきた。とてもふたりで頼む量じゃない。これをふたりどころかチョウジひとりで食べるというのだから驚きだ。もっとも、店員も他の常連客たちも、見慣れた光景だからか驚くような人はひとりもいない。

　――みんなで来たときには、いつも最初に、この大皿を頼んだっけなあ……。

　シカマルは、まだ下忍《げにん》になって間もない頃を思い出す。

初めての任務が無事終わったことのお祝いとして連れてきてもらったのがこの店だった。

以降、任務終わりの打ち上げに、よく来るようになった。

四人で来たときにも、今と同じこの席によく通された。


肉をがっつくチョウジに、同じ班の山中《やまなか》いのが声をあげた。

「あ!? チョウジが私の肉食べたッ!」

急に大声を出されたものだから、シカマルはつい言ってしまう。

「うるせーなぁ……」

すると、いのにキッと睨《にら》まれた。

「うるせーってなによ? 私の肉! じゃあアンタが焼いてくれるっていうの?」

どうやら標的にされてしまったようだ。理不尽《りふじん》だ。

「なんだよ。なんでまたオレが焼くんだよ。ったく、めんどくせー……」

ブツブツと文句を言いながらも、シカマルは網の上に肉を並べていく。

女というのは、どうしてこんなにも気が強いのか。シカマルはそんなことを考えながら肉をひっくり返していく。そもそも、シカマルのもっとも身近にいる女——母親からして尋常《じんじょう》ではないほど気が強い。どうしてオヤジはあんな恐ろしい女と結婚しようなどと考えたのだろうか。まったく理解ができない。

「もういいんじゃねーか？」

そろそろ肉が焼けてきた。シカマルのひと声に、いのが満足そうに箸を伸ばした。肉が消えた。超常現象ではない。チョウジである。いのが箸を投げ出して叫んだ。

「アンタわざとね!?　わざとやってるのね!?」

「えっ、ボクはただ、そこに肉があったから……」

「急に意味不明なこと言って誤魔化《ごまか》そうとしても、そうはいかないんだからね！」

チョウジに摑《つか》みかかるいの。困惑《こんわく》しながらそれでも箸と丼は放さないチョウジ。シカマルは「どうせまたオレが焼くんだろ……」などとぼやきながら再び肉を網の上に並べはじめる。同じ班である三人の、いつもの光景であった。そして――

そんな三人の様子を楽しげに見守っていたのが、アスマだった。


シカマルは、かつてアスマが座っていたその場所を見つめた。

自分と、チョウジと、いのと、アスマ。四人で囲む食卓。四人で任務をこなして、またこの店に来る。それがいつまでも続いていくと思っていた。

ありえないことだが、当時のシカマルはなぜかそんな気持ちでいた。大人になった自分というのを、いまいち想像できなかったのだ。

だが、時は流れていく。

いのはより女らしくなった。チョウジの食欲は相変わらずだが、髭が生えた。シカマルも、いつの間《ま》にか変わってきている。そしてアスマは、もういない。

四人でこの店に来ることは、永遠にない。

この店には、この席には、二度と戻ることのできないあの頃の楽しい思い出が染み付いているように感じられた。それを忘れたくないから、今でもこうして通っているのだ。

焼肉の香ばしい匂《にお》いに混じって、ふと、煙草《たばこ》の匂いがしたような錯覚に陥《おちい》る。

アスマは、大人だった。

くわえ煙草をしていて、髭が濃かった。いつでも冷静で、悠々としていた。

若い頃に放浪の旅をしていたというアスマの見識は深く、その器《うつわ》も大きかった。父のようでもあり、兄のような人でもあった。いつもシカマルたちに焼肉を奢《おご》ってくれた。それでいて、いつもチョウジの食欲を前に顔を真《ま》っ青《さお》にしながら財布の中を確認していた。

今、シカマルたちは自分で稼いだお金でこの店に来ている。少しは、アスマのような大人になれただろうかと、シカマルは思う。

伝票を手に取り、パラパラとめくりながら値段を計算する。奢るには高い金額だ。割《わ》り勘《かん》にしても、なかなかいい値段になっている。

――やれやれ、オレももう少し食べておくか……。

未《いま》だ衰《おとろ》えぬペースで食べ続けているチョウジを眺めながら、シカマルも肉を取った。

「はむっ、はむっ、はむぅ！　おばちゃんこれもおかわりっ！」

そんなチョウジの声とともに、口の中にハム……ではなくロースの旨味《うまみ》が広がった。


チョウジがひとしきり食べ終わり、満足したのかジョッキのウーロン茶を一気に流しこんでひと息ついたところで、シカマルが切り出した。

「そんでよ、さっきの話なんだが、どうする？」

「ん？　デザート？」

そんな話は一切していない。

「……ナルトたちへの結婚祝いの話だ」

「ああ、なんだそっちか」

こいつ、忘れてたな……。シカマルはため息をついた。そもそも、シカマルはナルトたちへの結婚祝いを買うために外出していたのだ。そこでたまたまチョウジと会い、なにを贈るのかチョウジに相談をしていたというわけだ。

シカマルは、なににするか決めかねていた。ナルトだけじゃなくヒナタも喜ぶものにしなければと考えていたのだが、なかなか思い浮かばない。結婚祝いだけでなく、こういった贈り物だとかそういうものに、もともと疎《うと》い性格であった。

しかし、そういうことならば疎くないであろう人に訊《き》けばいい。ついでに女性視点でも考えてもらいたいということで、シカマルはすでにいのを訪《たず》ねていた。

やまなか花。

その名のとおり花屋であり、いのの実家である。

話を聞くなり、いのはすでに目星を付けていると豪語した。さすがは、いのだ。オシャレや流行にくわしい。やはり持つべきものは同じ班の仲間だなとシカマルはひと安心した。

「それならお前と同じ店でいいや。どこだか教えてくれねーか?」

なにとはなしにそう持ちかけたのだが——

「え?　お店かぶるのとかありえない。ダメ」

ともに死線を乗り越えてきた仲間だというのにあっさり断られた。

その後——

「まいったな……」と里内の店を眺めながらフラフラとしていたところでチョウジと出会い今に至るわけだが、チョウジは肉を食べるだけ食べてすっかり結婚祝いの件を失念している様子だ。そして今も、気がついたらアイスクリームを食べている。いつの間に注文したのかまるでわからなかった。チョウジにはそういう計《はか》り知《し》れないところがある。

が、こと贈り物に関しては正直な話、いのにくらべたら頼りにならないかもしれない。

シカマルが悩んでいると、チョウジがさらりと言ってのけた。

「ボクは一応もう決めているんだけど……」

予想外の反応であった。シカマルは、思わず身を乗り出した。

「ほんとかよ!?　で、どうするんだ？」

「うん。ナルトとヒナタ、ふたりにはこれをあげようかと思っているんだ」

チョウジが、なにやら短冊《たんざく》のようなものを取り出してテーブルに置いた。テーブルについた水滴に濡《ぬ》れないように、シカマルはそれを手に取る。

「お前これ……」

シカマルは我が目を疑った。それは、高級料亭のお食事ご招待券だった。

「ボクたちのような若い人じゃなかなか行けないような店だけど、お祝いだからね」

そう言って、にこりと微笑《ほほえ》むチョウジ。チョウジの言うとおり、この店は、格式高いが値段も高いという滅多《めった》に行けるようなところではなかった。

だがしかし、そんな店に行ける券だなんて、贈り物としては最高だ。

ふだんでは行けないような店で食事をするというのはお祝い感があるし、なによりふたりの思い出に強く残る。こんなに気の利《き》いた結婚祝いはないだろう。

ただ、いくらお祝いだからといって、そんないい店のお食事ご招待券を躊躇《ちゅうちょ》なく手放してしまっていいものか。お前は本当にあのチョウジなのか……？　チョウジ、お前は一体全体、どこまで大人びてしまうというのか。

シカマルは、手にした券と優雅にアイスクリームを食らうチョウジの顔とをまじまじと見くらべながら呆気《あっけ》にとられていた。チョウジは何事もないかのように落ち着いていた。落ち着き払って、すでにアイスクリームも二皿目に突入していた。

じっとアイスクリームを見つめて口をむぐむぐと動かしながら、チョウジがつぶやく。

「ちょうど三名様まで有効なんだよね、それ……」

一瞬、なにを言っているのか意味がわからなかった。だが、すぐにその意味を理解したシカマルは、嫌《いや》な汗をかきながらおそるおそる訊き返す。

「もしかして、お前も……いっしょに……？」

今度は別の意味で呆気にとられるシカマル。だが、すぐにチョウジが笑顔を見せる。

「まさか、いくらボクでもさすがに新婚のふたりといっしょなわけないよ」

「だ、だよな……さすがにそれは……」

「店員さんに頼んで、ボクだけ違う席にしてもらうよ」

「……マジかよ」

思わず、シカマルは天を仰《あお》いだ。天では業務用の換気扇が休むことなく動いていた。

静かに動き続ける換気扇。静かに、だが確実にアイスクリームを食べ続けるチョウジ。

すでに昼時は過ぎて客もまばらになった店内は、平時の落ち着きを取り戻していた。

静かになった店内で換気扇の音を聞きながら、シカマルはひとり悩み続けていた。

お食事ご招待券。

これが、チョウジの用意していたプレゼント。決して悪くはない選択だ。

だが――

よりにもよって、なぜ三名様まで有効なのか。恋人同士で二名様だとか、そういうことをもうちょっと考えろよ高級料亭。三名様だとチョウジが行くだろうが……！

シカマルは苦虫《にがむし》を嚙《か》み潰《つぶ》したような顔をして行ったことすらない店の方針を批判した。

高級料亭で、ナルトとヒナタが、いつもよりちょっとめかしこんだ格好をして食事をしている光景を思い浮かべてみる。無論、その後ろの席では、チョウジがふたりを満足げに見守りながらもおかわりを要求しているのだ。

――いいのかそれで……。

いや、とりあえずチョウジはそれでいい。ある意味チョウジらしい贈り物だ。問題は、まだなにも思いつけないでいるオレのほうにある。シカマルは冷静に思考を働かせる。

ここで、シカマルは居住《いず》まいを正した。そうして、静かに目を閉じる。

シカマルには、なにかを深く考えるとき――それはたとえば趣味の将棋《しょうぎ》での読み合いや、任務で複雑な作戦を行う際に、決まって独自の姿勢をとって瞑想《めいそう》をする癖がある。あえてわざわざその姿勢をとるわけではない。自然とそうなるのだ。これがシカマルにとっての一番集中できる姿勢だからだ。しかし、よもや焼肉屋でこの姿勢をとり戦略を練《ね》ることになるとは誰が思ったであろうか。誰も思わなかったに違いない。当のシカマル本人ですらこんなことになるとは思っていなかったのだから。

闇の中で、考える。結婚祝いに相応《ふさわ》しいものとはなにか……。シカマルの脳裏に、次々と贈り物の候補が浮かんでは消えていく。

まず、実用的なものはもらう側にとっても助かる選択ではないだろうか。たとえば台所用品、調理器具などは、持っていないものであれば良い贈り物になるだろう。

最近では食器なども人気があるようだ。夫婦で使えるお揃《そろ》いの品にするといいだろう。

あるいは、洒落《しゃれ》た時計や写真立て。このへんは定番という感じか。

記念になる置物などもいいとは思うが、趣味が合わなければ意味がない。

いずれにしても、他の人とかぶることは避けなければならない。いのなんかは、品物ではなく店がかぶることすら嫌がっていたくらいだ。

いっそのこと花束でも贈ろうか。ある意味、一番お祝いらしい品ではある。

食品という手もある。菓子や茶、高級食材なんかも喜ばれるだろうが、これだとチョウジのお食事ご招待券とややかぶるような気もする。本当はチョウジのようになにかの商品券でも渡したほうが、よほど気兼《きが》ねがなくていいのではないだろうか。自分で好きなものを選んで買うことができる。だとすると、身も蓋《ふた》もない話だが現金……。

シカマルは、ゆっくりと目を開けた。チョウジはまだアイスクリームを食べていた。

——どうだろうな……。

もっとも現実的な結論として『現金』という単語が浮かんできた。悪くはない。使わないものや他の人とかぶったものを贈るより、よっぽど気が利いている。

しかし、これでもし他の出席者が全員現物を持ってきたとして、シカマルひとりだけが「ほらよ」と現金を渡したらどうなるだろうか。

——オレの場合、ひとりだけめんどくさがって買い物にも行かずなにも考えずに、ただ金だけ出したように思われちまわないか……？

そんな不安がよぎる。

実際には、そんなことにはならないかもしれない。だが、ポンと金を出すだけでは、あまりにも味気ないのは確かだ。なんというか、夢がない。

──ちょっと顔見知りくらいのやつならそれでもいいのだろうが……。

依然《いぜん》としてシカマルの悩みは解決しない。依然としてチョウジの食事も終わらない。

「よく食うな……寒くならないか?」

アイスクリームの皿を何枚も重ねるチョウジに、ふとそんなことを訊《たず》ねてみる。

「焼肉で火照《ほて》った身体に心地良いよ。それにボクは、たとえ雪国を旅していたとしても、あえてアイスを買って食べるタイプの男だからね。食欲は寒さを凌駕《りょうが》するんだ」

にこりとしながら「ごちそうさま」と続けるチョウジ。ようやく満足したらしい。

いや、ちょっと待てよ。今のだ。瞬間、シカマルの脳内でなにか閃《ひらめ》きが起こる。

「チョウジ……お前今なんて言った?」

「え、『ごちそうさま』って……」

「違う。その前だ。雪国をどうこうってやつだ」

「ああ、雪国を旅していてもアイスを食べるって。でもそれ、たとえ話だよ?」

「それだよ」

シカマルは、嬉々《きき》とした顔をしてチョウジを指差した。

「旅。いいじゃねーか。新婚旅行だ……！」


焼肉Qを出たシカマルとチョウジは、特に目的地もなくぶらぶらと里内を歩いていた。

いや、目的地などなくていい。シカマルの悩みはすでに解消されていた。

「そっか、ナルトとヒナタに新婚旅行をプレゼントするんだね」

「ああ、チョウジ、お前のおかげで名案が浮かんだ」

そんなことを言いながら、歩いていく。あとやるべきことといえば、旅行先の選定、下見だな。そうだ。やはり女目線での意見も聞いておくべきか……。

いのは今、どこにいるのだろうか。あの口ぶりからすると、いのも今日あたり結婚祝いを買いに出かけているのではないかと思うが……。

シカマルは、近くの店を覗《のぞ》きながら歩いていく。

「誰か捜《さが》してるのかいシカマル？　ボクも手伝うよ」

「ああ。ちょっと女目線での意見も聞きたくてな。いのでもいればいいんだがよ」

といっても、木ノ葉隠れの里は広い。

特に待ち合わせをしたわけでもないのにこうしてチョウジと会えたのだって本当に偶然

だし、これでまたばったりといのと出会ったりなんかしたら、偶然に偶然が重なって第十班が――いの・しか・ちょうが集結したことになる。

なんの連絡もなしに適当に里内をうろついて三人ともそろうだなんて、それはもうありえないくらい低い確率だ。もし芝居や映画でそんな筋書きがあったとしたら、観客からご都合主義も甚《はなは》だしいと言われ批判されてしまうことだろう。

するとと突然、チョウジがつぶやいた。

「あ、いた」

「嘘《うそ》だろ!?」

現実恐るべし。

シカマルは驚きのあまり素《す》っ頓狂《とんきょう》な声をあげてしまう。事実は小説よりも奇なりという言葉があるが、まさにこのことか。しかしこの直後、シカマルはさらに驚くこととなる。

シカマルの目の前に現れたのは、短めの後ろ髪をふたつに分けた女性であった。髪を束《たば》ねず膝下《ひざした》に届くほど伸ばしているいのとはまるで違うその容姿に、シカマルは思わず目を丸くした。やって来たのは、木ノ葉の同盟国・砂隠《すながく》れの里の上忍《じょうにん》――テマリであった。

木ノ葉隠れの里には、テマリのような他里の忍だけでなく、毎日実に多くの人が出入りしている。任務に赴《おもむ》く忍、任務から帰ってきた忍はもちろんのこと、任務の依頼人、行商人など多種多様な人たちが、ひっきりなしに往来していた。当然、誰もがみな簡単に里に入れるわけではない。里の入口では、怪《あや》しい者はいないか、妙なものを持ちこもうとはしていないか、絶えず検問や審査がなされている。

たとえば他里の忍であるテマリは、身《み》の丈《たけ》ほどもある巨大な扇子《せんす》を背負っている。これは、ひとたび振るうだけで突風を巻き起こすことのできるテマリ愛用の武器であるが、同盟国の忍ということと、正式な理由があっての訪問、そして長年培《つちか》ってきた信頼などといった理由から、持ちこみを許可されているものだ。

さらに、通行証が発行されているため、もはや彼女は複雑な審査などを飛ばして木ノ葉に入ることができるのだ。

そんなテマリが「ん？」とシカマルたちの存在に気づいた。目と目が、合う。

「なんだ、お前たちか。なにをしているんだ？」

話の流れとチョウジのひと言から、いのが来たものだとばかり思っていたシカマルは、内心動揺しながらも努めて冷静な声色《こわいろ》と態度で答えた。

「あ、ああ。ちょっとふたりで昼メシをな……。それより、お前はどうして……？」

「私は中忍試験の打ち合わせついでに挨拶《あいさつ》まわりといったところだ」

「中忍試験？　まだ少し先の話だろ？」

「まあ、今回は打ち合わせの打ち合わせ、みたいなものだからな」

まったく、責任ある立場だといろいろと面倒だ、とテマリが微笑《ほほえ》む。

テマリは、四代目風影《かぜかげ》の娘であり、今の五代目風影・我愛羅《ガアラ》の姉にあたる人物である。

弟を補佐し、里の外交などに活躍する切れ者だ。この日は、同盟国同士が合同で開催する中忍試験の打ち合わせのため、たまたま木ノ葉隠れの里にやって来ていたようだ。

シカマルは、チョウジを引き寄せると、テマリには聞かれないよう小声で抗議した。

「おいチョウジ！　なんだよ『いた』って。オレはてっきりいのかと……」

「でも、女の子の意見っていうのなら、べつにいのじゃなくても……」

「そ、それもそうだけどよ……」

シカマルは、ちらりとテマリの様子を確認する。

テマリは、砂隠れの里一の風遁《ふうとん》使いである。いや、この忍の世界全体で見ても一、二を争う使い手である。今でこそ里の外交や後進の育成などのいわゆる非戦闘方面での活躍が目立っているが、その性格は好戦的にして大胆不敵という根っからの武闘派気質であった。

逆にそういう性格だからこそ外交にも長《た》けていたのかもしれないが、そんなテマリに、巨大扇子で竜巻を起こして嬉々としながら敵を吹っ飛ばすようなそんな女に、新婚旅行についての意見を求めてどうするのか。ヒナタとはまるで性格が違う。

勝ち気で姉御肌《あねごはだ》という、どちらかというとシカマルの母親と同じようなタイプのテマリに、大人しいヒナタが好みそうな旅行プランを考えられるはずがない。

それを言ってしまうと、確かに、いのもヒナタとはまるで性格が違う。が、いのは同期として幼い頃からナルトやヒナタのことを見知っているので、シカマルとしてもまだそのほうが相談しやすい。というか、いのならノリノリで新婚旅行の相談にのっていろいろと流行《はや》りの場所とかを教えてくれそうな気がするのだが、テマリがそういった話にのってくれるという想像が、シカマルにはまったくできなかった。「なに、新婚旅行？　くだらないことを考えているんだな」と、冷めた目で見下《みくだ》される様子しか想像できないのだ。

「どうした？　ふたりでコソコソと、怪しいな」

テマリが訝《いぶか》しげな表情になる。シカマルがなんとか場を取《と》り繕《つくろ》おうとした矢先――

「シカマルが、なにか相談したいことがあるみたいなんだ」

チョウジに先手を打たれてしまう。

「なっ、おまっ……」

焦《あせ》るシカマルに、テマリの視線が注がれる。まさか「お前に新婚旅行の相談をしても無理っぽいよな」とは言えない。観念して、シカマルは正直に話すことにした。

「まあ、その、なんだ……」

なぜだか緊張してしまう。妙に気恥ずかしいのだ。

まともにテマリの顔を見ることもできずに、シカマルは切り出した。

「……新婚旅行について考えているんだがよ、お前はどこがいいと思う？」

「ええっ⁉」

テマリが、突如甲高《とつじょかんだか》い声をあげた。

驚いたシカマルは、今度は逆にまじまじとテマリの顔を見てしまう。

「どうした⁉」

「はっ、あっ、その、しっ、新婚旅行……⁉」

テマリの視線が、宙を泳いでいた。ほらな、やっぱりテマリじゃ相談しづらい。テマリだって、いきなりナルトとヒナタの結婚祝いの話を聞かされたらこうして悩むに決まっている。同期のオレでさえどうするか決めかねていたくらいなのだから……。

チョウジのやつめ、余計なことを。シカマルは恨《うら》み言《ごと》のひとつでも言ってやろうとチョウジを見やる。チョウジは、素知らぬ顔をして近くの売店を眺めていた。

苦々《にがにが》しい顔をしながら、シカマルは気持ちを切り替えることにした。

せっかくなので、こうなった以上とにもかくにも意見は聞いておこうと思ったのだ。

「すまねえ。柄《がら》じゃねえとは思うんだが、ぜひお前の意見を聞かせてくれ」

「なっ、なんでそのっ、わたっ、私なんだっ？」

あきらかに困惑している様子のテマリ。無理もない。

「そりゃあ、お前に訊くのが一番かなと思ったから……かな」

さすがに真剣に考えてくれている相手に向かって「とりあえず誰でもいいから女の意見が訊きたくてよ」とは失礼すぎて言えない。いくらなんでもそのくらいの気は遣う。

「わ、私が一番……」

なぜかうつむいてそわそわしだすテマリ。これは悩んでいるなとシカマルは確信する。ダメだ。このままじゃ埒《らち》が明かねえ。シカマルはまずは自分の意見を告げることにした。

「オレとしては温泉旅館なんかでのんびりってのがいいんじゃねーかと考えているんだが、そういうのってのはどうだ？　なんというか、ジジくさくねーか？」

「あっ、いいんじゃないか……温泉……」

「そっか。よかったぜ。旨《うま》いメシに温泉、最高だよな」

テマリに認めてもらえたことで、不安だった気持ちも和《やわ》らいだ。朝から悩み続けだったシカマルも、ここにきてようやく安堵の笑みを浮かべた。これなら、ナルトもヒナタも喜んでくれるのではないだろうか。しかしテマリは、先ほどから落ち着かない様子だ。

「もしかして、このあとまだ用事でもあったか……？」

そうだった。テマリは仕事で来ているのだ。そこをつかまえて悩みごとを相談していたのだということを、シカマルは改めて思い出した。だが――

「あ、いや、今日はもう特に……。帰ろうとしていたところだったんだ」

「……？」

どうやら用事はないらしい。よくわからないテマリの反応に、シカマルは首を傾げた。どうも今日のテマリは様子がおかしい。なぜなのか……。

「あとは、どこの旅館にするかだね」

そんなチョウジのひと言に、シカマルは気を取り直して答えた。

「そうだな。できればすぐにでも下見に行っておきたい」

「まだ日も高いから、今から行ってもいいんじゃないかな？」

「ああ。そうするか」

「じゃあボクは『甘栗甘《あまぐりあま》』に寄っていくから、ふたりで行ってきなよ」

「「えっ!?」」

シカマルとテマリの声が重なる。慌《あわ》てて、シカマルはチョウジに詰め寄った。

「ちょ、チョウジ……！　お前、いっしょに来てくれるんじゃ……!?」

「う～ん、ごめんよシカマル。ボクはどうしても食後のデザートを食べたいんだ」

「さっき食べたじゃねーか！」

「デザートは別腹なんだよ」

「だからさっき食べたじゃねーか！」

そんなやりとりをくり返す。テマリも、チョウジの身勝手な発言に怒っているのか顔が真《ま》っ赤《か》になっていた。おいおいおい冗談じゃねえ。チョウジ考え直せ。女は怒らせないほうがいい。怒らせたが最後めんどうなことになると昔から相場が決まっているだろうが。

シカマルが必死に目でそう訴《うった》えるも、チョウジは察してくれない。

「新婚旅行なんだから、ふたりで行ったほうがいいよ」

にこりと微笑みながら、そんなことを言う。それがあまりにも正論で、シカマルもなにも言い返せなくなってしまう。確かにチョウジとふたりで行くよりは、男女ふたりで下見したほうが、より良い意見も出るだろう。だが、今の、よくわからない反応をするうえに顔を真っ赤にして激怒しているであろうテマリとふたりきりというのは……。

シカマルの顔から血の気が引いていく。

「それじゃあふたりとも、ボクはもう行くね」

そうこうしているうちに、チョウジがさっさと走って行ってしまう。

「あっ……」

と、シカマルが声を漏《も》らすも時すでに遅し。チョウジは一度だけ振り返って手を振ると、そのまま人混みの中に消えてしまった。

シカマルは、その場に立《た》ち尽《つ》くしながら呆然《ぼうぜん》としてしまう。

なぜなんだチョウジ……。なぜそんなにも甘味処《かんみどころ》に行きたいんだ……。さっきあんなにもアイスクリームを食べただろうが……。お前の胃は底なしか……。

ぼんやりと、そんなことを考える。

里の通りは賑わいを見せているというのに、シカマルとテマリのいる場所だけが、ぽっかりとまるで結界《けっかい》でも張られているかのように静寂《せいじゃく》に包まれていた。

シカマルは、あまりの怖《こわ》さにテマリを直視できないでいた。

「えっと……」

だが、重い沈黙に耐えかねて口を開く。

「なんつーか……どうするよ……?」

そうして、ついついそんなことを口走ってしまう。馬鹿かオレは。

すると——

シカマルの服の裾《すそ》が引っ張られる。

「……行く」

目をそらしたまま、テマリがか細い声で答えた。

——どうしてこうなった……。

しばらくののち、シカマルはテマリとともに木ノ葉の温泉地にやって来ていた。

ここまでの道中、ふたりの間にあまり会話はなかった。

とりあえず当《あ》たり障《さわ》りのない話を振ってみたものの、テマリは質問にただ素《そ》っ気《け》なく簡潔に答えるだけで、依然としてお互い気まずい雰囲気のままであった。

——なんなんだ、この謎《なぞ》の緊張感は……。

猛獣……いや、テマリと目を合わせないように前を向いたまま、おそらく冷や汗に分類されるであろう汗を拭う。そうしてシカマルは、今のこの状況を、努めて客観的に、今一度冷静になって分析してみる。

そもそも、こうしてテマリとふたりきりというのは、特に珍しいことではない。

むしろ、ままあることだ。以前だって里を案内したたし、いっしょに仕事の打ち合わせがてら食事もした。柄にもなくデートに誘ったことだってある。まあ、デートと言っても、けっきょくはいつもどおり当たり障りのない話をして、気がつくといつの間にか仕事の話なんかになってしまったが、そのときだって今ほど緊張はしなかった。それどころか、悪くない一日だった。

それなのに、なぜ今日はこんなにも緊張するのか。こんなにも微妙な空気になっているのか。こんなにもテマリが話してくれないのか。その理由を、シカマルは必死に考える。

おそらく、めんどうなことに付き合わされて、テマリも内心ではうんざりしているのではないだろうか。このあと予定がないと言った手前、無下《むげ》に断るわけにもいかずにわざわざ来てくれたに違いない。だから様子が変なのだ。だからあまりしゃべらないのだ。

だが、もとはといえば、こうなったのもすべてチョウジの胃袋が急に『甘栗甘』の甘味を求めてしまったせいなのだ。そして、わざわざ「ふたりで行ったほうがいい」などと余計な提案をした挙《あ》げ句《く》いなくなってしまったせいなのだ。そうでなければ、今頃シカマルはチョウジとともに、もしくはひとりでこの場所にやって来ていたはずだ。

――まさかテマリとここに来ることになるとは……。

今朝《けさ》起きたときには想像すらしていなかった展開だ。

それどころか、チョウジと焼肉を食べていたときでさえ、そしてテマリと偶然出会ったときでさえ、こうなるとは思わなかった。

『忍者は裏の裏を読むべし』なんて言葉があるが、さすがにこれは、読みきれない。まったく、世の中なにが起こるかわからないものだ。

そんなことを考えながら、シカマルはテマリとともに木造のアーチ橋を渡っていく。下に流れる川からは、もうもうと湯気が上がっていた。温泉の川だ。少し鼻につく独特な匂いは茹《ゆ》でた卵の匂いに似ていた。これは温泉に溶けこんだ硫化水素《りゅうかすいそ》によるものだ。

火山帯にある木ノ葉では、至るところで源泉が湧《わ》いていた。特に湯量が豊富で温泉地として知られているこの場所は、古くから傷ついた忍たちの湯治場《とうじば》として栄え、今では里の内外から観光客が集まるようになっていた。

シカマルも、そんな観光客たちとすれ違う。

多くの観光客が、浴衣《ゆかた》姿で、旅館や施設の名前が入った下駄《げた》や雪駄《せった》を履《は》いている。これがこの街《まち》の正装なのだ。外湯巡りだろうか。それとも散策か。

保養と行楽――そのふたつを兼ね備えながら発展していった温泉街には、旅館以外にも飲食店や遊技場、土産物《みやげもの》屋などさまざまな施設が建ち並んでいた。こういった店を眺めながらゆったりと散策するのも、この街の楽しみ方のひとつである。

シカマルとテマリも、それらの店の前を通り過ぎていく。店先にある蒸籠《せいろ》には、温泉の蒸気によって蒸《む》された薄皮饅頭《まんじゆう》が綺麗《きれい》に並んでいた。土産物屋には、絵葉書や木彫《きぼ》りの置物に混じって、観光客向けの忍者グッズも売られていた。また、瓶詰《びんづ》めや袋詰めにされてあちこちで売られている湯の花も、この街の貴重な収入源となっているようだ。

そんな湯の花を横目に、旅館を探す。すでに太陽は西に傾きはじめており、まもなく夜になろうとしていた。店先の提灯《ちょうちん》に、次々と明かりが灯《とも》っていく。提灯の明かりに照らされて湯けむりに包まれた街が浮かびあがる光景は、なんとも幻想的だ。

「すごいな……」

テマリが、ぽつりとつぶやいた。

「ああ……」

シカマルも、静かに答えた。そして、テマリに提案してみる。

「……そうだ、せっかくだしどっか寄ってくか？」

テマリがようやく自分から話しかけてくれた。美しい街の風景がふたりの間にあった緊張を解いてくれたかのようだ。これをきっかけにしようと、シカマルは考えた。わざわざ来たのだ。少しくらい寄り道をしても罰《ばち》は当たらないだろう。

「そうだな」

テマリが、きょろきょろとあたりを見まわした。

「それなら……あの店なんてどうだ？」

テマリが指差したのは、『的当て《まとあ》』と書かれた看板を掲げた小さな店であった。木製のクナイを三本投げて、棚から景品を落とせばそれをもらえるというルールらしい。

「この店でいいのか？」

「ああ。こういうの一度やってみたくてな」

――よくわかんねーが、機嫌《きげん》は直ったみたいだな……。

目を輝かせながら暖簾《のれん》をくぐるテマリの様子に安心して、シカマルもあとに続く。

店内は、意外と混んでいた。

見ると、恋人同士だろうか、若い男女が多い。シカマルがなんとなく落ち着かないでいると、さっそくテマリがクナイを投げた。すこんと景品をかすめてクナイが後ろの幕に当たる。そのままテマリが、もう一投。今度は、かすりすらしないで大きく外《はず》した。

「んん？」

テマリが首をひねった。

「おいおい、どうした？　珍しいな、お前が外すなんて」

温泉地に来て的当てをしなくとも、シカマルもテマリもクナイなんて毎日のように投げている。それも本物をだ。二回も外すなんてありえない話だ。

「いや、軽くてうまく飛んでくれないんだ」

そう言って、テマリから木製のクナイを渡される。なるほど、いつものとは違いすぎてこれでは逆に飛ばしにくい。手にした瞬間、シカマルも理解する。

「けどよ、これならこれで重心を把握すればいけるんじゃねーかなっと！」

ラスト一投！　いつもよりも勢いをつけて、クナイを投げる。すこん。

「んん？」

シカマルも首をひねった。


的当てを終えて、ふたりは旅館探しに戻っていた。

テマリの手には、小さなダルマの置物と、同じく小さな招き猫の置物が握られていた。

あのあと、シカマルが数回の挑戦（自腹）の果てになんとか落としたものだ。

それでやっと落とせたのがこんな小さな景品なのだから、なんというか、いわゆる費用対効果というやつが低いような気がしてならない。

しかし、シカマルもプロである。二度三度と投げているうちに、軽い木製のクナイに手が慣れてきた。ところが、慣れてきたのはいいのだが、この軽い木製のクナイが文字どおり曲者《くせもの》であった。これでは大金をかけないと大きな景品は落とせそうにないということを、シカマルは瞬時に悟《さと》ってしまったのだ。いや、大金をかけても店の目玉は無理だろう。

周《まわ》りにいた恋人たちが「キャッキャ」「うふふ」言いながら絶対に獲《と》れないであろう景品を狙《ねら》っているのを見て憐《あわ》れに思ってしまった。あれはもう少し重い——つまりは本物のクナイでも使わなければ落とせないだろう。できれば本物を投げたい。店主に。

もちろん本物のクナイを投げるわけにもいかないので、なにもないよりはマシと手堅《てがた》く確実に獲れる景品を落としたわけだが、それがこのダルマと招き猫である。店の中で一番小さな景品である。店側には一切損はない。うまくできているものだ。

「すまねえ……それしか獲れなくて……」

というか、これ以上あの軽い木製クナイを投げることに慣れてしまうと、今度は逆に本物のクナイが下手《へた》になりそうでまずい。

「ふふ、持って帰るにはちょうどいい大きさだ」

テマリが、そう言って笑った。皮肉ではなく、本心で言ってくれている。テマリはごくたまに、こうして無邪気な笑みを浮かべることがある。

「弟たちへの、いい土産になったよ」

そういえば、ちょうどふたつだ。しかし、我愛羅とカンクロウ——どっちがダルマで、どっちが招き猫なのか。いまいちピンとこないが、どちらにしても微笑ましい光景であることには違いない。テマリは、弟思いの姉であった。

手にしたダルマと招き猫を眺めながら鼻唄を歌うテマリ。だいぶ機嫌がいいようだ。

「さて……それじゃあそろそろ旅館を決めねーとな。お？　ここなんかどうだ？」

シカマルは立ち止まると、近くにあった旅館を見上げた。

立派な門構えの、歴史を感じさせる建物だ。門の左右に飾られた提灯のほのかな明かりが、優しく客を出迎えている。庭には大きな池もあるようだ。外から見る限り、なかなか申し分のない旅館である。が、問題は温泉や食事だ。見かけ倒しでは困るのだ。

「よし、ちょっと入ってみるか」

少し見学させてもらって、良ければすぐにでも決めてしまおう。シカマルが、そのまま旅館に向かって歩きだした途端、テマリが足を止めた。

「どうした？」

振り返り、テマリの様子を確認する。

「あ、その、やっぱり、なんというか……」

テマリが、うつむきながらそわそわしはじめた。まただ。せっかくいつものテマリに戻ったかと思ったらまたこれだ。一体どういうことなのか。

「その、やっぱりまだ、心の準備が……」

手の中でダルマと招き猫を弄《もてあそ》びながら、そんなことをもにょもにょと口にする。心の準備とはなんだ？　あまりにも高級そうな旅館で気後《きおく》れしてしまうという意味だろうか。

確かに、宿泊料が高すぎて、いくらなんでもシカマルの手が届かないというところであれば、残念ながら諦《あきら》めるしかないだろう。しかしそれも一度入って訊いてみないことにはわからない。それに、決めるにしても部屋や大浴場の様子なんかを見ておかなくてはならない。こうして門の前で立ち止まってあれこれ悩んでいてもしょうがないのだ。

「テマリ、とりあえず入ってから考えよう。な？」

「は、入ってからだと、遅いんだっ。雰囲気に流されてしまうかもしれないから……」

「どういうことなんだ!?」

テマリの言っていることがまるで理解できずに、ついにシカマルは頭を抱《かか》えてしまう。

なんなんだ一体？　雰囲気？　旅館の老舗《しにせ》っぽい雰囲気ということか？　流される？　庭にある池にか？　さっぱりわからねぇ……。だが、これだけはわかる。

――今日のテマリは、やはりなにかおかしい。

シカマルは、改めてテマリの顔をじっと見つめた。すると、テマリが慌てて視線をそらした。そしてその顔が、みるみるうちに赤くなっていく。

「お前……まさか……」

シカマルが、テマリの額《ひたい》に手を当てる。「ひゃっ!?」とテマリがよくわからない声をあげてビクンと身体を震わせた。おそらく、手が冷たかったせいだろう。

「熱でもあるんじゃねーか？」

テマリの額は、ほんのりと温かかった。が、どうも熱はないようだ。そのわりには、耳の先まで茹でダコのように真っ赤になっている。

「わ、わたっ、私は、先に、帰るから……」

そんなことを言いながら、ぎこちない動きのまま帰ろうとするテマリ。明らかにいつものテマリとは様子が違う。快活なテマリがこうも弱々しくなっているとは、どうやら熱はないが体調が悪いということなのだろう。それしか説明がつかない。

「おいおい、待ってくれ。もう暗くなっているし、体調が悪いのなら、なおさら宿でもとってひと晩休んでいかなくちゃならねーだろ。大丈夫だ。すぐに布団《ふとん》も敷いてもらう」

テマリを気遣《きづか》ってシカマルがそう言うと、なにがいけなかったのか、テマリが突然全力で走りだした。シカマルは、去っていくその後ろ姿を呆然《ぼうぜん》と眺めていた。どうやら、体調が悪いわけではないらしい。いや、そんなことよりも、テマリを追いかけなくては！

シカマルも、慌てて走りだす。巨大な扇子を背負って走る背中を追いかけていく。

せっかくテマリとここまで来たのに、こんなところで帰られてしまっては意味がない。テマリには、なんとしてもより良い新婚旅行先を選ぶための助言をしてもらわなくてはならない。ナルトのやつはともかくとして、ヒナタにも喜んでもらうためには、男の意見よりも女の意見だ。それに旅館には、女湯の様子や、浴衣の柄、女性客へのサービスなど、男ひとりでは判断できないことが山ほどある。シカマルは、無我夢中でテマリを追いかけた。そして、必死に手を伸ばす。

——オレひとりではダメなんだ。オレひとりでは……！

伸ばした手が、届いた。テマリの腕をしっかりと掴んで、シカマルは叫んだ。

「待ってくれ！　オレにはお前が必要なんだ！」

立ち止まり振り返ったテマリは、なぜかうっすらと涙目になっていた。

はぁはぁと、お互い呼吸を整える。提灯の明かりに照らされてできたシカマルの影がテマリと重なった。落ち着いたのか、テマリの顔はもう赤くはなかった。ほのかな光に照らされたその顔は、いつも以上に大人びていて、シカマルは思わず見入ってしまう。不思議な感覚だった。まるで夢の中にいるかのようだ。

テマリが、静かに訊ねる。

「本当に……私でいいのか……？」

その言葉に、はっと我に返ると、シカマルは力強く頷《うなず》いた。

「ああ、お前しかいない……！」

真剣な面持《おもも》ちで答える。

「なんつったって、オレじゃあ女湯に入れないからな……！」

「……は？」

テマリが、ぽかんと口を開けた。そして――

「えっと……？　どういう……ことだ……？」

うろんな眼差《まなざ》しを向けてくるテマリに、シカマルは戸惑《とまど》った。あまりにも予想外の反応だった。とりあえず、今一度テマリに確認してみる。

「どうもこうも、オレじゃあ女湯に入ることはできねーだろ？」

「あっ、当たり前だ！　なにをいきなり……」

テマリが少しむっとした調子で答えた。この反応から察するに、どうもそこまではわかってくれているようだ。さすがはテマリだ。

――だとしたら、もう少し丁寧に……。

「だからよ、オレは女湯に入れない。男だからな。つーわけでテマリ、お前が女湯に入ってくれ。お前なら入れる。当たり前だよな。そんで、女湯から出たあとで、オレに女湯内部の様子を、こと細《こま》かく報告してくれ。ただそれだけでいいんだ。な？　簡単だろ？」

「お前は一体……なにを言っているんだ……？」

テマリが、ものすごく冷静な声で答えた。もはやその瞳《ひとみ》は、うろんな眼差しを通り越して、明らかに困惑の色を浮かべていた。なんということか。噛んで含めるように説明したというのに、まったく理解されなかったようだ。これにはシカマルも困ってしまう。

一体全体、なんだってテマリは理解してくれないんだ？　オレでは女湯には入れないのだと、さっきからこれほどまでに言っているのに……。

「というか、これは一体、なんの話なんだ……？」

そこからかよ。こんなにも言いたいことが、まるで伝わっていないなんて……。

「なにって、結婚祝いで贈る新婚旅行の行き先——旅館選びの話だが？」

「それって、誰の結婚式なんだ？」

「ナルトとヒナタだろ。あれ？　言ってなかったか？　おかしいな……」

どうも話が噛み合っていないような気がしたが、テマリはなにか別のことを考えていたというわけか。ここにきて、シカマルはようやくそのことに気づいた。

テマリは優秀だ。一を聞いて十を知る女だ。あれだけ言ってもわからないなんてありえないとは思っていたが、なるほど、そういうことだったのかと、シカマルは納得する。

「ふーん、そうだったのか……」

テマリも納得したのか、静かに微笑んだ。

「いや、待てよ……あっ!!」

と、シカマルは思わず声に出してしまう。テマリはもしかすると——

「なあ、おい……まさか」

するとなぜか、無言のままテマリが背中から巨大扇子を下ろして手に持った。

「お、おい……なんだ？　急にどうした……？　な、なんだこのチャクラは……!?」

テマリが、にこりと微笑んだ。それにつられて、シカマルも笑顔をつくる。

お互いが微笑み合い、まるで仲睦《なかむつ》まじい恋人同士のような光景だった。

その日――
木ノ葉の温泉地にひと晩中季節はずれの突風が吹き荒れ、住人や観光客たちは不安のあまり眠れぬ夜を過ごしたという……。

第四章

魂の一杯

最近、ナルトがよく売れている。

いつの間《ま》にか、ナルトが人気ランキングで一位になったりしている。

ナルトは子供から大人《おとな》まで、まさに老若男女に親しまれている。

切っても切っても、気がつくとナルトがなくなっている。

ナルトを食べると強く元気な子に育つなんて噂《うわさ》するお母さんたちまでいる。

ああナルト、白地に桃色渦巻き模様の憎いやつ。ないと寂《さび》しいそれがナルト。

『ラーメン一楽《いちらく》』店主・テウチは、今日もナルトを盛りつける。

熱々のスープに茹《ゆ》でた麵《めん》を入れ、その上に手際《てぎわ》よく具材をのせていけばラーメンの完成だ。最後にちょこんと置かれるナルトの色味が、丼《どんぶり》全体をキリリと引《ひ》き締《し》める。

ナルト人気も相まって、一楽の売り上げも右肩上がりだ。店の外に臨時でテーブルを置いても、すぐに席が埋まってしまう日々が続いていた。

けれど、昔からこうだったわけではない。

一楽が木《こ》ノ葉《は》に店を構えてからかなりの年月が流れた。ありがたいことに、安くて早くてうまいラーメンは、開店当初から里の多くの人たちに支持された。おかげできちんと店を維持できるだけの売り上げは出してこられたものの、それはあくまでもギリギリで採算が取れているといった次元での話。今ほど繁盛《はんじょう》していたわけではない。

そして――

当時のナルトは、いつもドベ。店の外に立てかけられた人気トッピングランキングの看板の一番下に名前を書かれるという、あってもなくてもいい脇役扱《あつか》いの具材だった。

理由は、他の具材にあった。


その食感の良さから大人気のメンマ。

店の一押し、手間暇かけてつくられた絶品チャーシュー。

味が染みてるトロウマ半熟タマゴ。

意外な伏兵《ふくへい》、アクセントに最適な海苔《のり》。

どれもこれも、ひと癖もふた癖もある強者《つわもの》ばかりだ。

特に海苔は、万年最下位のナルトのひとつ上に常《つね》にランクインするという、まさに『越えられない壁』と形容するにふさわしい存在であった。

それというのも、海苔には根強い信者がいた。

どうも、忍《しのび》という人種はラーメンの中にある海苔になにか思うところがあるらしい。決して目立たず、主張せず、湯気でへたれて、丼に貼り付き、スープによってボロボロにされてもなお、影のようにそこにいる。丼の端にあり続ける。そんな海苔の姿は、白くて渦巻きで無駄に目立ちまくりのナルトとは大違いだ。

そんなふうに、感情移入といったら大袈裟《おおげさ》になるが、それに近しいなにかを感じている人もいるようで、海苔の人気は衰《おとろ》えるところを知らないのだ。

その海苔を、いや、海苔だけでなくメンマもチャーシューもタマゴも追い抜いて、店の人気トッピングランキング一位の座に、あの万年ドベと呼ばれ続けたナルトが輝いたのだから、テウチも感慨《かんがい》深《ぶか》いものがある。時代は変わっていくなと、長年ラーメンをつくっていると、こういうこともあるのだなと、なぜかしみじみと思ってしまうのだ。

もっとも、魚のすり身からつくられるナルトには、忍者に必要な栄養素が豊富に含まれているわけだし、なによりもあの「の」の字を描いたような美しい渦巻き模様は、忍たちが着ける額当《ひたいあ》てにも刻《きざ》まれている木ノ葉のマークによく似ている。それに形だって、縁《ふち》がギザギザで手裏剣《しゅりけん》のように見えなくもない。今まで人気がなかったのが不思議なくらい、忍者とナルトとの間には、なにか奇妙な縁のようなものがある。

ナルトは、まさに忍の者たちが食べるにふさわしい食品と言えるのではないだろうか。

そんなナルトが、なぜ今になってこれほどまでに人々から多くの支持を集めるようになったのかといえば、それにはまず、常連客のほうのナルトの話をしなくてはならない。

今のナルト人気は、すべてナルトのおかげなのだ。

さて――

ここからは、その常連客のほうのナルトの話だ。

うずまきナルト――幼い頃からよく店に来てくれている常連中の常連。

テウチは、そんなナルトの結婚式に招待されていた。結婚するという話は聞いていたものの、まさか式に呼ばれるとは思ってもみなかった。なにか祝いの品を考えなくては。

――あの坊主《ぼうず》が、結婚か……。

人気トッピングランキング一位のナルトと相まって、やはり感慨深いものがある。

時代は流れていくものだなとつくづく実感させられる。

テウチは、初めてナルトが店にやって来た日のことを思い出す。

「おう、どうした坊主。食ってくか？」

テウチが笑顔で声をかけると、少年はびくりと身体《からだ》を震わせた。ちょうど夕食時も過ぎた頃で、店には客がいなかった。テウチは、店の前をうろうろしながら店内を覗《のぞ》きこんでいたその少年の存在に前々から気づいていた。それも今日だけではない。ここ最近、よく見る顔だ。いつも店の前を行ったり来たりしては、入らずにいなくなってしまうのだ。

そのうち、常に視界の端に映る少年のことがやたらと気になるようになってしまった。

いつ見ても、少年はひとりぼっちだったからだ。

そしてこの日も、寒い中ひとり身を隠すようにして店内の様子《ようす》を窺《うかが》っていたので、客がいなくなったのを見計《みはか》らってついに声をかけたのだった。

おずおずとやって来た少年にラーメンを出してやると、その顔がぱっと明るくなった。

こんな遅い時間にひとりきりでなにをしているのか。

家族は、両親は、どうしているのか。

そんなことを思ったが、テウチはあえてなにも訊《き》かずに少年がラーメンを食べるのを見守った。うまそうに食べるなと思った。

やがて少年は、小さな手で丼を持ち上げるとスープを一滴も残すことなく飲み干した。あまりにも豪快で、丼で顔が隠れてしまったほどだ。満足したのか、丼を置いたところで目と目が合った。すると、少年が歯を見せて笑った。思わず、テウチも笑顔になった。

「いい喰《く》いっぷりだ。よしっ、今日は店の奢《おご》りだ坊主」

すると、少年がニカッと笑いながら名乗り、礼を言った。

少年の名前はうずまきナルト。ラーメンに縁のある名前だとテウチは思った。

これが、ナルトとの出会いだった。

それから、ナルトはよく店に顔を出すようになった。客から、ナルトには家族がいないのだという話を聞いた。そして、多くの里の者たちから疎《うと》まれているという話も聞いた。

ナルトが店に来るようになってしばらく経《た》った頃、こんなことがあった。

常連客のひとりが、テウチに言った。

「大将、なんだってあんなガキを店に入れるんだ？　他の店はみんな避けてるんだぜ？　売り上げが下がっちまう、店が潰《つぶ》れちまうって言ってよ」

その言葉に、悪意はないように感じられた。

店のことを、本気で心配してくれているのだと思った。だが、なぜか無性《むしょう》に腹が立った。

忍の世界のことは、テウチにはわからない。

ただ、いろいろな事情があるのだろうということだけはわかっていた。

しかし、ラーメンが好きで、腹を減らしてわざわざこの店に来てくれる者を、どうして追い返せようか。親や兄弟のいないあの子が、誰かがつくった温かいものを食べられるところは、もしかしたらこの店しかないのかもしれないのに。

そんな考えは、思い上がりに過ぎないのかもしれない。しかし、たとえ忍の世界のことはわからなくても、ラーメンの世界のことならわかる。

ラーメンは、目の前の一杯がすべてだ。

テウチは、地道にコツコツと、一切の妥協なく黙々と目の前の一杯と向き合う。テウチは職人としての誇りを胸に、いつだって目の前の一杯に最善を尽《つ》くしてきた。そんな一杯を、あれほどまでに嬉《うれ》しそうに、あれほどまでにおいしそうに食べる者を、出入り禁止になんてできるわけがない。そんなこと、ラーメン屋にとっては当たり前のことだ。

席について、目の前にあるラーメンを食う。となりに誰がいようが関係ない。

となりにいるのは、みんなこの店のラーメンを食べたくてやって来た客——ただそれだけのことなのに、一体なにが問題だというのか。

そこに、ただひとつ問題があるとすれば、きょろきょろと落ち着きなくよそ見をしてしまうほどまずいラーメンをつくってしまったということだけだろう。

なぜならば、目の前にあるのが本当にうまいラーメンならば、となりの人のことなんか考えずに、脇目もふらずに食べているはずだからだ。

「——それでもうちの店が気にいらねえってやつがいるのなら、来なくて結構だ」

テウチは、店の体裁《ていさい》を気にする常連客に、よどみなく自分の想《おも》いを語った。

「すまねぇ大将。おれぁ、そんなつもりで言ったんじゃ……」

「わかってる。うちの店のことを考えて言ってくれたんだろ？　また来てくれよな」

そう言って、テウチは微笑《ほほえ》んだ。

以降も、常連客は常連客であり続け、ナルトはその仲間入りをした。

しかしあるとき、こんなことがあった。

毎日のように店に来ていたナルトが、ある日突然ぱたりと来なくなったのだ。

テウチにとって、これは異常事態と表現してもいいほどの出来事である。

ナルトは、昼に食べに来たと思ったら、また夜にも店に来るほどの客だ。

さらには、今日は来ないなと思っていると、大量のカップラーメンを買い占めていて遅くなったと中途半端な時間にもひょっこりと顔を出すような客でもあった。

そんなナルトの姿が、ある日を境にぷっつりと見られなくなったのだ。

いつも来る客が来ない。来るはずの客が来ない。

これを異常事態と言わずしてなんと言おうか。

テウチは気が気でない毎日を過ごしていた。

場所柄《がら》、こういうことは過去に何度か経験していた。

店には、里人だけでなく、忍の常連客も多くいたからだ。

「任務の前に、どうしてもここのラーメンを食べていきたくて」

なんて嬉しいことを言ってくれる客もいる。

そんなときテウチは、また食べに来てほしいと願いながらラーメンをつくる。店が繁盛しますようにという意味ではない。どうか無事に帰ってきてほしいという意味だ。無事に帰ってきて、またこのラーメンを食べてその笑顔を見せてさえくれれば、職人冥利《みょうり》に尽きる。本音《ほんね》を言えばお代なんていらない。そんな気持ちでつくっている。もちろん、お代を貰《もら》わなければ次の一杯をつくるための材料費すらも賄《まかな》えなくなるので理想論ではあるが。

ただ、テウチがそこまでのことを思うのは、やはりある日突然ぱたりと姿を見せなくなる客がいるからだ。それも、ナルトほどではないにしろ、年中店に来てくれる客がだ。

「このあと任務なんですよ。終わったらまた寄らせてもらいますね」

そんなことを言って笑顔で店を出て行ったその客は、それきり店に現れなかった。

何か月経っても何年経っても、店にやって来ることはなかった。

テウチには忍の世界のことはわからない。ただ、忍である以上、それがどんなに幼い子供であっても、任務には死がつきまとうものだということくらいは知っていた。

そんな忍たちがいるおかげで、そんな忍たちが人知れず里とみんなを守ってくれているおかげで、テウチたち里人は安全で平和な暮らしができているのだ。

だから――

気を遣《つか》ってくれただけで、ホントはうちのラーメンが気に入らなかったんだろ……？

うちよりもうまい店を見つけたんだよな？　なあ？

夜、翌日のための仕込みをしながら、ふと来なくなった客の顔を思い出してはそんな思いが脳裏をよぎる。そうであってくれと、心の底から願いながら、もしかしたら明日《あした》にでも顔を出してくれるかもしれないと自分を奮《ふる》い立《た》たせ、それならば前よりももっともっとうまい一杯にしなければならないと一晩中仕込みに精を出す。

テウチは、日々そうしてラーメンをつくり続けていた。

ナルトが顔を出さなくなって数か月が過ぎた頃、ただ単にナルトは修業のためずっと里の外に出かけているという話を人づてに聞いて、心底安堵《あんど》したものだ。

そういえば、いなくなる前、最後に店に来たとき、長旅になるとかなんとか話していたような気がする。てっきり長期の任務でしばらく留守《るす》にするものとばかり思っていたが、まさか年単位で帰ってこないとは思わなかった。忍の修業とは過酷なものだ。

そんな長期の修業を終えて帰ってきたナルトは、以前よりも背が伸びてすっかり男らしくなっていた。毎日見ていては気がつかないような変化だ。しかし、テウチは多くを語らず、ただ魂《たましい》を込めた一杯をナルトの前に置いたのだった。

背は伸びても、ラーメンを食べたあとの笑顔は、初めて会ったあの頃と変わらない。そのことがどうしようもなく嬉しくて、テウチもついつい笑顔になってしまうのだ。

やがて、持ち前の諦《あきら》めないド根性で里の危機を幾度《いくど》となく救ったナルトは、里の英雄と呼ばれるまでの男に成長していた。孤独だった少年が、長い年月を経《へ》て、みなに認められ愛される存在となったのだ。多くの人がうずまきナルトの名前を口にするようになった。

そして、誰ともなくナルトの英雄譚《えいゆうたん》が語られるたびに、具材のナルトに対する親近感が増していった。客の多くが、しだいにナルトを追加注文するようになっていき、トッピングでのナルトの追加が、一種の流行《はや》りのようなものになっていった。

そのうち、一楽のラーメンのことを『英雄ラーメン』だなんて小《こ》っ恥《ぱ》ずかしい名前で呼ぶ人たちまで出てくるようになった。なんともむず痒《がゆ》いが、「食べたら任務に失敗しない」「絶対に生きて里に帰ってこられる」と言われると、「よしてくれ」だなんて野暮なことは言えない。彼ら彼女らは、これから里のために常に死がつきまとう過酷な任務に赴《おもむ》くのだ。験《げん》くらいいくらでも担《かつ》がせてやりたくなるのが人情というものだ。

それに、テウチ自身が昔から今まで変わらずに「生きて帰ってこいよ」という想いを込めてラーメンをつくってきたのだ。食べたら強くなれる、英雄にだってなれるんだと思ってもらえるのなら、これほどまでに嬉しいことはない。

心持ちひとつでも、人は変われる。かつて、テウチ自身がそうだったように。

あれはそう、寒い寒い冬の日の出来事だった。

初めて自分の店を持とうと決意したその夜、テウチの身に人生最大の試練が――

寸胴鍋《ずんどうなべ》の中で、湯がボコボコと沸騰《ふっとう》しはじめた。

その音と立ちのぼる湯気を前にして、テウチは、はっと我に返る。

「おっと、ついつい昔を思い出しちまった」

まったく、歳《とし》とるといけねえや、とぼやいて、テキパキとラーメンをつくっていく。

茹でた麺をスープに入れて、具材を盛りつけていく。最後にナルトをのせたら完成だ。

注文が入ると、目の前の一杯をつくることに全力で集中するため、テウチの思考はよく中断される。なにを考えていたのだったか……。すぐに忘れてしまって、ぱっと思い浮かばないのもいつものことだ。しかしそれでかまわないとテウチは思っている。

ただ目の前のラーメンをつくるために今を生きる。

ラーメン屋が、それ以上のなにを望むというのか。それだけで充分。それがたまらなく好きだからこそ、この世界で生きていこうと決めたのだから。

それに、大切なことならすぐに思い出すものだ。

ああ、そうだそうだ、結婚祝いの話だった。やはりすぐに思い出せた。

ナルト（人）にはナルト（具材）ともどもお世話になっている。ぜひとも喜ばせたいものだが、生憎《あいにく》自分にできることは限られている。自分にできることは、いつものラーメンをつくることとくらいだ。そうテウチは考えた。

だが、それでいい。瞬時にそうも考える。

テウチとナルトとの関係は、店主と常連客というものだし、テウチがナルトについてよく知っていることといえば、とにかく店のラーメンを深く愛してくれているということくらいだ。長年の付き合いだが、けっきょくはカウンター越しに一杯のラーメンを挟んで向き合うことしかできない不器用な関係なのだ。お互いに。

そんなテウチがそんなナルトに贈るものといえば、それはもうラーメンしかない。

テウチは、近くにあったメモ用紙に『ラーメンフリーパス』という文字を書いた。

店のラーメンが無料で食べられるという券だ。これは喜んでくれるだろう。

いや、ちょっと待てよ。とっさにある言葉を付け足す。

『ラーメンフリーパス　一年間有効』

これでいい。テウチは満足げに頷《うなず》いた。

とりあえず、いくらお祝いだからといって永遠に無料というわけにもいかないし、そんなことをしてしまったら逆に店に来づらくなってしまう恐れもある。これでナルトも安心して好きなだけラーメンを食べることができるだろう。好きなだけ、それこそ朝から晩まで毎日のように嫁さん連れて「よーし、オレってば全身の細胞がラーメンでつくられるまで食べまくるってばよ」などと言いながらずるずるずるずる……潰れるなこの店。

　テウチの脳裏に、朽《く》ち果《は》てた店とそこに呆然《ぼうぜん》と立《た》ち尽《つ》くす愛娘《まなむすめ》・アヤメの姿が浮かびあがる。店の看板娘として精力的に働いてくれたあのアヤメが、悲しそうな顔で廃墟《はいきょ》と化した店を見つめている。そんなアヤメにどう声をかけたらいいのかわからないまま、テウチもまたその場に立ち尽くす。「一年は……長いよ……」と、つぶやくアヤメの瞳《ひとみ》から大粒の涙がこぼれ落ちる。悪夢だ。どうしてこうなった。なんで店が竜巻《たつまき》にでも遭《あ》ったみたいに崩壊《ほうかい》しているんだ。ただラーメンをつくっていただけなのに……。

「くっ……」

　悪いイメージを振り払おうと、テウチはぶんぶんと頭を振った。

落ち着け。落ち着くんだテウチ。そうだ冷静になれ。さすがに一年は長すぎだろう。

『ラーメンフリーパス　~~十年間有効~~　半年』

半年……。いや、そうじゃない。

手にしたペンが、キュッキュと小気味よい音を立てていく。

『ラーメンフリーパス　~~十年間有効~~　~~半年~~　一か月間有効』

ペンを置いて、テウチは頷いた。これでいい。いや待て、まだ少し不安だ。

『ラーメンフリーパス　~~十年間有効~~　~~半年~~　~~一か月間有効~~　一週間有効』

再び書き直す。いつの間にやら、テウチは呼吸を荒らげていた。

ナルトの反応を、予想する。

「一週間!?　よーし、それなら一日十杯食べるしかないってばよ！」

ダメだ！　ぐしゃりと、ついにはメモ用紙を握り潰してしまう。そもそも、こんなものがあるからいけないんだ。この券は、人を不幸にする。主《おも》に我々親子を不幸にする。

「ぐっ……ぐぅぅ……」

テウチは泣いていた。不用意に発行したこの券のせいで、アヤメが路頭に迷ってしまいそのうちクソみたいな男を連れてきて結婚するとか言いだした様《さま》を想像して泣いた。アヤメ、その男はなんだ。なにぃ、蕎麦《そば》屋のせがれだと。ええいやめろ、お前にお義父《とう》さんと呼ばれる筋合いはない。失《う》せろ。さもないと頭からラーメンぶっかけるぞ。

「う……うう、あぁ……う、うぅ……」

テウチは頭を抱《かか》えながらうめいた。フリーパスだなんて無理だ。そんなことをしたら生きていけなくなってしまう。では、どうすればいいのか。期限や制限を加えなければ、とんでもないことになる。仮に『※ただし常識の範囲内で』と表記したとしても、相手の常識が自分にとっての常識と同じとは限らない。かといって、ラーメンとはまるで関係のないものにしてしまっては意味がないし、それはそれで思いつかない。万事休すだ。

「こんにちは」

テウチが悩んでいると、新たな客がやって来た。

「ラーメン大盛りで。あ、それとナルトの追加も」

客から、そんな注文が入る。ナルトは本当に人気になった。あまりにもよく売れるので、ここ最近は切らさないように常に多めに仕入れていた。

テウチは、すぐに気持ちを切り替えると、テキパキとラーメンをつくりはじめた。いつものように、最後にナルトを盛りつける。追加分も含めて、盛りつける。

この分だと、トッピングランキング一位の座はしばらく安泰そうだ。

「はいよ、お待ち！」

客にラーメンを出して、テウチは再び悩みはじめる。新しい真っ白なメモ用紙を前にして、苦悶《くもん》の表情を浮かべる。客がうまそうにナルトを食べていた。いくらでも注文するといい。ナルトは、まだ山ほど切り分けて用意してあるのだから。トレーの上に綺麗《きれい》に並べたナルトを見つめながらそう思う。メモ用紙と同じように、ナルトは白かった。ただし、ただ白いばかりではなく、ナルトには美しい渦巻き模様があった。

ナルトはいい。テウチはそんなことを考える。

テウチの頭の中も、そして手もとに置いたメモ用紙も真っ白だというのに、ナルトには人を魅了《みりょう》する渦巻き模様がある。テウチはしばらくの間、じっとナルトを見つめ続けた。

そして——

『ナルト　一枚無料』

自然と、手が動いていた。気がつくと、真っ白だったはずのメモ用紙に、そんな言葉が書かれていた。テウチは静かにペンを置いた。が、すぐにペンを持ち直した。

『~~ナルト　一枚無料~~』

さすがにこれはないとの判断だ。少々悩みすぎた。これは、あまりにも悩みすぎた結果なぜか一番ありえない選択をしてしまうやつだ。あぶないところだった。

ナルト（人）のおかげでナルト（具材）が売れたというのに、さすがにこんなケチくさい真似《まね》はできない。しかし、いくらお祝いだといっても、後先考えずに豪快にしすぎてしまうと、脳内でアヤメが路頭に迷った挙《あ》げ句《く》クソみたいな男を連れてくるようになる。

必要なのは、ほどよい加減。ラーメン愛に満ちあふれ、店の経営を圧迫しない範囲で豪快な部分も持ち合わせているという絶妙な加減だ。

そこで、テウチはふと思う。

――ナルト（人）のおかげでナルト（具材）が売れたのならば……。

確信とともに、新たなメモ用紙に書いていく。

書きながら、テウチはラーメンを食べているナルトの、あのなんとも言えない幸せそうな顔を思い浮かべていた。あれはずるい。反則だ。一杯のラーメンであんなに嬉しそうな顔をされたら、ラーメン屋なら誰でも思ってしまう。

この顔を、いつまでも見ていたい、と。

「よしっ」

ペンを置いて、テウチは頷いた。ようやく、しっくりくる贈り物が思い浮かんだ。

『ナルト食べ放題　いつまでも!!』

第五章

ふたりの関係

ひと目見た瞬間、春野《はるの》サクラは確信した。結婚祝いは、これしかない！　と。

それは、行きつけのオシャレな雑貨店で見つけた一点物の写真立て。

色、形、そして細部に施《ほどこ》された意匠《いしょう》まで、すべてが好みにどんぴしゃり。まるで、自分と出会うためにそこにあるかのような、そんな気さえしてしまうほどの一品だ。

一点物でなければ、自分が欲しいくらいだ。こういうものは自分も欲しいと思うくらいのものを選ばなくてはダメだ。でなければ、自信を持っておすすめできないではないか。

ああ、できれば本当に自分の部屋に飾りたい。

これが部屋に置いてあったら、毎日家に帰るのが楽しみになるのに……。

自然にそんなことを考える。しかしサクラがこの写真立てを気に入った最大の理由は、他でもないその一点物というところにあった。

一点物——それはつまり、世界でひとつだけ、自分しか持っていないということ。

せっかくの結婚祝いが誰かとかぶっているのなんて、それこそ目も当てられない。

その点、この一点物の写真立てならば、誰かとかぶる心配がないのだ。

これならば、たとえ運悪く写真立てという選択がかぶってしまったとしても、一点物であるがゆえに、他の人とは違う唯一無二《ゆいいつむに》の贈り物になってくれることだろう。

それに、知っている限り、他に写真立てを贈ろうと考えている人はいないはずだ。

たとえば、建築や設計関連の本を読むのが好きなヤマト隊長なんかは――

「新居に合う家具でも贈ろうか……。いや、いっそのことボクが新居を……」

なんて能面のような顔をしながらブツブツとつぶやいていたし、絵が得意なサイは、徹夜でお祝いのための絵を描くと言って張りきっていた。

ちなみに、今朝方《けさがた》たまたまサイを見かけたのだが、ところどころがぽっかりと、まるで切り取ってしまったかのように白く色が抜けた絵を持ったまま呆然《ぼうぜん》と立《た》ち尽《つ》くしていた。

「サクラ……鳥が大空に羽ばたいていってしまったよ……」

などと、ともすれば哲学的なことを言っていたが、なぜ筆にチャクラを込めてしまったのか。なぜ超獣偽画《ちょうじゅうぎが》を使ってしまったのか。張りきりすぎたのだと、サクラは思った。

とにもかくにも、このようにみんな自分の趣味や特技を活《い》かしたものを用意しているようだ。なのでサクラも、女の子らしく男性陣では思いつかないようなオシャレな記念品なんかを贈ろうと考えたのだった。そこで目に留《と》まったものこそ件《くだん》の写真立てである。

写真立てはいい。贈り物として、ちゃんと記念になりつつも、出しゃばっていないところがいい。主役はあくまでも写真で、どの写真を入れて飾るかはその人しだいだからだ。

この写真立てに、結婚式での晴れ姿や、いずれ生まれるであろう子供の写真なんかを入れて飾ったら、どんなに素敵だろう。サクラは、ナルトとヒナタ、ふたりが暮らす部屋の片隅に、この写真立てが置かれている様《さま》を想像してみた。

きっと、幸せな思い出が幸せな今を見守っているはずだ。写真に写っているふたりも、そしてその写真を眺めているふたりも、笑顔を浮かべているに違いない。

想像しただけで、なんだかこちらまで幸せな気分になって、思わず頬《ほお》が緩《ゆる》んでしまう。

これは間違いない。最高の贈り物になるだろう。サクラは写真立てを手に取った。

すると――

写真立ての反対側の縁《ふち》を、別の手が摑《つか》んでいた。

サクラは、無言のまま手にぐっと力を込めた。

すると、もう一方の手もちょうど同じタイミングでぐっと力を込めたのか、写真立てはその場から動かなくなってしまう。

手の先に視線をやると、そこに山中《やまなか》いのがいた。

「放しなさいよ、いの……！」

サクラが、ぐぐぐっと力を込める。

「サクラ、アンタこそ……！」

いのも、ぐぐぐっと力を込める。

サクラといの――ふたりはとても仲良しだ。幼い頃からの親友でありライバルなのだ。

つい先日も、とある任務でチームを組んだほどの仲だ。そのように即席でチームを組んだとしても、ものの見事にお互いが連携《れんけい》できるほど息の合うふたりなのだ。

だが――

まさか同じ時間、同じ場所、同じ瞬間に同じ商品を手に取ろうとするなんて、なんという運命の悪戯《いたずら》だろうか。まるで示し合わせたかのようだ。息が合うにもほどがある。

もしこれが男女だったならば、恋がはじまったのかもしれない。

お互いの間に可憐《かれん》なハートマークのひとつでも生まれたのかもしれないが、生憎《あいにく》、並び立つふたりの間に生まれたのは飛び散る戦いの火花だけであった。

いのの顔を見て、サクラは瞬時に（こいつ、私と同じ考えを……！）と悟《さと》った。女は、そういうことにはすぐに気がつくものなのだ。いのもまた、それを察したようだ。

これを結婚祝いに贈るつもりだ……！

お互いがお互いの気持ちを見抜き、激しい戦いがはじまった。

「私が、先に、見つけたのよ……！」

いのが、歯を食《く》い縛《しば》るようにしてそう言った。

「私の、ほうが、早かった……！」

サクラもまた、手にさらに力を込めてそう言った。

いのとふたりになると、やはりどうしても幼なじみの感覚で張り合ってしまうのだ。

ふたりの力が拮抗《きっこう》しているのか、先ほどから写真立ては小刻《こきざ》みに震えるのみだった。

けど、私は右手！　サクラは、内心ニヤリとほくそ笑《え》んだ。

勝機は、お互いの立ち位置にあった。

サクラは右手で写真立てを掴んでおり、となりに立ついのは左手で写真立てを掴んでいたのだ。いのごときの脆弱《ぜいじゃく》な左手が、私の右手の圧倒的な力《パワー》に勝てるはずがない。

サクラは「しゃーんなろー！」と吼《ほ》えると、いのの手から一気に写真立てをもぎ取った。

「あぁっ、な、なにすんのよ!?　返しなさいよっ！」

写真立てを失ったいのが、猛然と抗議してきた。しかしサクラは大人《おとな》の女性であった。

そのようなレベルの低い抗議など、悠然と聞き流す。

ライバルと言われたのも今は昔。もはや今となっては、私はいののすべてを超越していると、サクラは手にした写真立ての感触とともに勝利の余韻《よいん》に浸《ひた》っていた。

「この馬鹿！　馬鹿力っ！」

「誰が馬鹿力ですってええええっ!?」

いのの無神経な物言いにカチンときたサクラは、思わず持っていた写真立てを握《にぎ》り潰《つぶ》しそうになりながらも、なんとか冷静さを取り戻すと大人の女性としての余裕を見せた。

「ふ、ふん。私はね、今や里の中でも屈指の医療忍者よ。高度な医療忍術には、緻密《ちみつ》なチャクラコントロールが必要なの。この私の馬鹿ぢか……人よりも強い力を引き出す技は、そんな緻密なチャクラコントロールができるからこそ実現可能なれっきとした忍術。医療忍者として私がすさまじく優秀である証《あかし》なんだからね。まあ、いの、アンタにはたとえ逆立ちしても心転身《しんてんしん》しても絶対に真似《まね》できないでしょうけどね」

「くっ……」

いのが、ぐうの音《ね》も出ないといった様子《ようす》で後退《あとずさ》りした。勝負あった。いのよ、去るがいい。サクラが会計に向かおうと背を向けたその瞬間――

「あー、サクラァ、もしかしてアンタ、それをナルトとヒナタへの結婚祝いにしようだとか、そんなことを考えているんじゃないの？」

いのがひどく嫌《いや》みったらしい口調で、そんなことを言いだした。

「ほんと、ありえないわよねー。そんなダサい贈り物なんてぇ」

「なっ……!?」

これには、サクラも思わず足を止め振り返ってしまう。

しかし、いののにやけ顔を見て、サクラはすぐにピンとくる。

甘いわよ、いの。サクラは、いのの作戦を見抜いていた。写真立てをボロクソにけなして、買う気をなくさせるつもりなのだ。力では敵《かな》わないとわかったから、今度は言葉でということなのだろう。だが、その手にはのらない。

「なにを言ってるのよ。アンタだって、さっきまでこれを買おうとしていたでしょ!」

「ぐっ……そ、それは……」

浅い。浅いのよ、いの。ちょっとつっこめば、こうしてすぐにしどろもどろになる。

「ダサいと思っているものをわざわざ買おうとするなんて、最悪のセンスよね」

そう追い打ちをかけてやる。憐《あわ》れいのは、自《みずか》らの術中に嵌《はま》ってしまったのだ。

「わ、私はべつに買おうだなんて……!」

「じゃあなんであんなに必死で掴んでたのよ?」

「あ、あれは……そ、そうよゴミ。邪魔なゴミだなーと思って、どかそうとしただけ!」

「なによっ、その苦しい言《い》い訳《わけ》は! 店の中にこんな馬鹿でかいゴミがあるか!」

「あのぉ、申し訳ありませんお客さま。他のお客さまのご迷惑になりますので……」

ついに店員が参戦してきた。どうやら、気がつかないうちに、ついつい声が大きくなってしまったようだ。サクラは、急ぎ店員に謝罪した。

「す、すみません……。ホラいの、アンタのせいで迷惑だって……」

そう言って、サクラはいのを肘《ひじ》で小突《こづ》く。

「はあっ？　アンタがギャーギャー騒いだせいでしょ!?　なに言ってんのよ！」

いのもまた、サクラを肘で小突く。

サクラはいのを睨《にら》んだ。いのもサクラを睨みつけた。

瞬間、ついにふたりは取っ組み合いになった。お互いの服と髪の毛を引っ張り合う。

「もとはといえば、アンタが突っかかってくるからいけないんでしょ！」

「だから、私のほうが先に摑んだって言ってるでしょ！」

そこに、慌《あわ》てて店員が割りこんでくる。

「お客さまっ！　お客さまっ！」

「「うるさいっ！」」

サクラといのが、鬼のような形相《ぎょうそう》でそう叫ぶ。

皮肉なことに、こんなときだけ仲良く声がそろった。

時が止まってしまったかのように店内がしーんと静まりかえる。止めに入った店員も、サクラといののあまりの剣幕に、ぽかんと口を開けたまま固まってしまっていた。
サクラといの――どちらともなく「あ、すみません……」と小声で店員に謝ったときにはもうすべてが遅かった。けっきょく、ふたりは店から追い出されたのだった。

しかし――

店の外に出てからも、ふたりの宿命の戦いは終わらない。

「ふざけんじゃないわよ！　追い出されちゃったじゃない！」

「なんてことしてくれてんのよ！　せっかく見つけた結婚祝いだったのに！」

道行く人が何事かと見ていくが、そんなことはおかまいなしにふたりの口論は続いた。

「あんな馬鹿力で無理矢理人から奪い取っておいてよく言えるわ。だいたいねえサクラ、アンタには譲り合いの精神ってもんがないのよ！　胸もない譲り合いの精神もない、唯一あるのは馬鹿力！　ほんとどうしようもないわね！」

「はあ!?　胸は今関係ないんですけど！　なにからなにまで私に勝てないからって、関係ない話に持っていこうとするのやめたら？」

「はあ!?　勝てないとか意味わかんない。女らしさでは確実に私が勝ってますけどー！」

「女らしい？　どこが！　アンタのはただチャラチャラしてるだけでしょ！」

「あーあー、負け惜しみ！　顔もスタイルも服のセンスも生け花《いばな》も料理の腕だって、全部私のが上！　あ、そうだ。馬鹿みたいな怪力だけはアンタの勝ちだったわよね？」

そう言って、いのが勝ち誇った。

――いのぶたが……！

サクラのこめかみに青筋《あおすじ》が浮かぶ。

しかしサクラも負けてはいない。

「は？　料理くらいできますけど？　それに顔とかスタイルとか馬鹿じゃないの。そういうことしか考えられないからアンタはダメなのよ。私みたいに知性を感じさせる女になれないからって、八つ当たりしないでよね」

やれやれと、わざと大袈裟《おおげさ》に首を振ってため息をついてみせるも、いのは怯《ひる》まない。

「あっ、そうだサクラ、今ふと思ったんだけど、馬鹿力だけが取《と》り柄《え》の頭でっかちな女なんて、きっと嫁の貰《もら》い手《て》がないでしょうねぇ。ほんと、可哀想《かわいそう》よねー」

「嫁の貰い手がないですって!?　それはこっちのセリフよ！」

「え？　ごめーんサクラ。今のべつにアンタのこと言ったワケじゃなかったんだけど、もしかして図星だった？　気になったんなら謝るからー」

「くっ……」

結婚祝いの奪い合いからはじまった口論だからか、いのがクスクスと笑いながら、そんな失礼なこと甚《はなは》だしい追撃まで入れてくる。卑劣《ひれつ》な話術だ。

「まあ、どのみち知性と怪力だけじゃ嫁の貰い手ないでしょうけど」

この女、嫌みの天才か。サクラは果敢《かかん》に言い返した。

「だから料理だってできるって言ってるでしょ！　少なくともいの、アンタよりはね！」

「は？　サクラ、アンタごときが料理の腕で私に勝てると本気で思ってるわけ？」

「思うに決まってるでしょ。私がいのなんかに負けるはずがないんだから！」

「上等よ。返《かえ》り討《う》ちにしてやるわ！」

視線と視線がぶつかり合う。

お互いの意地とプライドを懸《か》けた罵《のの》り合《あ》いが、気がついたら料理対決になっていた。

結婚祝いの話も、写真立ても、もはや忘却の彼方《かなた》。なぜこうなっているのかさえ、すでにどうでもよくなっていた。ただ、目の前でほくそ笑む小生意気なライバルを、なんとしてもぎゃふんと言わせてやるという思いだけが、ふたりを動かしていた。

サクラといの。

ふたりの、女のプライドを懸けた料理対決がはじまろうとしていた。

料理のお題は、兵糧丸《ひょうろうがん》。

兵糧丸とは、忍者が愛用する携帯保存食である。

栄養のバランスに優《すぐ》れた多くの食材を練《ね》りこんだものを、ひと口大に丸めて乾燥させた食べ物というのが、広く一般に知られている基本的な兵糧丸である。

しかし、兵糧丸の世界は意外と奥が深い。

つくる人の数だけ、違った兵糧丸が存在するといっても過言ではないのだ。

それというのも、兵糧丸とは、人によって使用する食材や大きさがまちまちなものだからだ。たとえば、先祖代々一族に伝わる秘薬を調合する者もいれば、おにぎりのように大きく丸めて持参する者もいる。また、人ではなく動物用につくることもある。

このように、好みや伝統、体調、戦術、または任務の期間や任務地の気候……あらゆる条件によって中身が大きく変わる可能性を持った料理——それが兵糧丸なのである。

サクラといのが、料理対決のお題を兵糧丸にしたわけも、そんなところにあった。

すぐにつくれて、かつ手軽に食べることのできるもの。それでいて、お互いの個性や腕前が如実《にょじつ》に表れるこの料理ならば、白黒ハッキリつけやすいと判断したのだ。

材料を買いそろえて自宅に戻ったサクラは、すぐさま兵糧丸づくりに着手した。

用意したすり鉢に材料を入れ、一心不乱にすりこぎを回していく。まずは、ゴマやアーモンド、クルミなどの、木ノ葉隠《こ　は　がく》れの里でよく使われる材料を砕いていく。

「みてなさいよ。料理の腕でもこの私が上だってことを、思い知らせてやるわ！」

ゴリゴリゴリゴリと音を立てながら、材料が粉末状になるまで手を動かしていく。兵糧丸づくりは、材料がなんであろうと基本的にはこの作業のくり返しだ。

これまたよく使われる材料である蜂蜜《はちみつ》や氷砂糖を、ドバドバと加えながら作業を続けていくうちに、サクラはふと忍者学校《アカデミー》時代を思い出していた。

忍者学校《アカデミー》のくノ一クラスでは、華道《かどう》や茶道《さどう》などの授業がある。女性としての幅広い知識と教養を身につけることは、敵地への潜入任務などの際、敵の目を欺《あざむ》くための役に立つからだ。ふつうの女性として振る舞えないようでは、一人前のくノ一にはなれないのだ。

その中には、もちろん料理の授業もあった。

いのは料理の授業もそつなくこなし、クラスの中でも輝いていた。

反面、サクラは言われたことしかできずに、ぱっとしなかった。

そんなサクラにとって、人気者のいのは憧《あこが》れの存在であった。

――けど、今は違う。

長い年月をかけて、くノ一としても、女としても、己《おのれ》を磨き続けてきた。かつて憧れた背中は、やがて横顔となり、今ではサクラのほうが一歩も二歩も先に行っているはずだ。

「料理でも、これからは私の背中を眺めているがいいわ……いの！」

すりこぎでゴリゴリとやりながら、気合いたっぷりにそう宣言する。

嫁の貰い手がないだなんて言われて、黙っているわけにはいかない。この勝負、絶対に負けるわけにはいかないのだ。だいたい、いのは最近ちょっとサイといい感じだからって調子にのっている。そんな浮わついた気持ちでいるやつに負けてたまるもんですか。

乙女《おとめ》の怒《いか》りを思い知るがいい――なんて、ゴリゴリやっているうちにやや話が逸《そ》れてきてしまったが、サクラは今回の戦いに必勝の策を用意していた。

「ふふふ、これよこれ」

そうひとりごちて、にやりと笑みを浮かべる。

サクラが取り出したもの、それはプリンであった。

いのとは幼い頃からの付き合いである。いのが大のプリン好きであることを、サクラは知っていた。それどころか、サクラはいのの好き嫌いをすべて把握していた。

忍《しのび》にとって、情報は命だ。完璧《かんぺき》にいのの好みを把握しているサクラに、もはや負ける要素など微塵《みじん》もない。

自信満々のサクラは、すり鉢の中に躊躇《ためら》うことなくプリンを投入していった。それを、ぐっちゃぐっちゃとかき混ぜながら、サクラは高らかに笑った。

「これで私の勝利は確実だわ！」

あとは適当な大きさに丸めて乾燥させるだけ。

ほどなくして、サクラ特製プリン風味のスイーツ兵糧丸が完成した。


先ほどの雑貨店の近く——

木ノ葉茶通り付近にある待ち合わせ場所には、すでにいのが立っていた。

サクラと目が合うと、いのがニヤッと笑みを浮かべた。

「遅かったわねサクラ。てっきり私に敵わないものだから逃げ出したのかと思ったわ」

そして、出会い頭《がしら》にそんなことを言う。

——こいつ、このセリフを言いたいがためにわざと先に来ていたわね……！

サクラは心の中で舌打ちした。なぜならば、サクラは指定された時間ぴったりに到着していたからだ。決してカカシ先生のように遅れてきたわけではないのだ。

——くだらない真似を……！

だが、そんな安い挑発にのるサクラではない。この勝負、すでに勝利はサクラの手の内にあるようなもの。今のうちにせいぜい吠《ほ》えているがいい。

「勝つほうは遅れてやって来るものよ」

すでに絶対的な勝利を確信しているサクラは、堂々とした態度で、いのと対峙《たいじ》した。

いのが冷静な口調で告げる。

「それじゃあ、勝負をはじめましょうか。そうね、ここは公平を期すために、第三者に食べてもらってどちらがおいしいのか判定してもらいましょう」

「ええっ⁉　アンタが食べるんじゃないの⁉」

一瞬にして、手の内にあった勝利の二文字がこぼれ落ちかける。

そんなサクラの反応に、いのが目を丸くした。

「当たり前じゃない。私たちが食べたところで、けっきょくお互い勝ちを譲らない可能性のほうが高いんだから。だから客観的に審査してくれる人が必要でしょ」

いのが正論をぶちまける。盲点だった。まさかいのが食べないなんて。これでは、わざわざプリンを買いに行った意味がない。いのが好む味にした意味がないではないか。

「っていうかサクラ……アンタまさか……」

眉間《みけん》にシワを寄せて、いのがじっと見つめてくる。

「毒を入れたんじゃないでしょうね？」

「そんなことするわけないでしょうが！」

さすがに心外だ。親友をここまで疑うとは、ろくな女ではない。

「どうだかねー。ま、いいわ。というわけで、判定はチョウジにお願いするわ」

「ちょ、ちょっと待ちなさいよ！　チョウジはアンタの班でしょ!?」

「チョウジなら、食べ物関連の話で絶対に嘘《うそ》はつかないでしょ？　わざわざ私の肩を持ったりしないわよ。だからある意味、一番信用できる審査員だと思わない？」

言われてみれば確かにそのとおりだ。いのの提案に、サクラも納得する。

「それじゃあチョウジを呼んでくるわ。さっきたまたま見かけたのよ」

そう言うと、いのの姿が路地に消えた。

しばらくすると、路地の向こうから「いいから早く来なさい！」だとか「女の子の手料理が食べられるチャンスなんだからね！」などという声が聞こえてきた。

どうやら、チョウジが少し抵抗しているらしい。

やがて、いのに引きずられるようにして路地から姿を現したチョウジは、ひどくげんなりとした顔をしていた。やはり、いのに無理矢理連れてこられたのだろう。

「待ってよ、いの。ボクはたった今、山ほどアイスを食べてきたばかりなんだけど……」

「いいからいいから。デザートは別腹って言うでしょ？」

「うん。だからもうデザートは食べたんだけど……。あ、サクラ」

と、ここでチョウジがサクラに気づいた。チョウジが、すぐさま助けを求めてきた。

「いのがボクのことをよくわからない兵糧丸の実験台にしようとしてるんだ。助けてよ」

「それで、いの、どっちから食べさすの？」

「くそう、サクラもグルだった！」

それで観念したのか、チョウジが大人しくなった。それどころか、

「まあ、兵糧丸も別腹だからいいんだけどね……」

なんて、そんな頼もしいことまで言いだした。

これは心強い。いのの言うとおり、確かにチョウジなら公平な審査をするだろう。

プリンも入っているんだし、食べるのがいのでなくてもきっと甘くておいしいはず。勝てるに決まっている。サクラは、拳《こぶし》をぎゅっと握りしめた。

「それじゃあチョウジ、どっちの兵糧丸がおいしいか、食べくらべてくれる？」

いのがチョウジに兵糧丸を渡した。いのに続いて、サクラも渡す。

チョウジは、両手に持った兵糧丸を交互に見やると、まずはサクラが渡したほうに齧《かじ》り付《つ》いた。審査のためだからか、ひと口ですべてを食べずに、半分だけ口に入れた。

「うっ……こ、これは……っ」

チョウジの目が、くわっと見開かれる。そして――

「うまいっ！　これはうまいよ！　すごく甘くて疲れが吹き飛ぶようだよ！」

そう言うと、チョウジは残りの半分もポイと口に入れた。それどころか、余分につくってきたものまでポイポイといくつも口に入れていく。相当気に入ったらしい。

「よーしっ！」

サクラは握りしめていた拳を胸の前に掲げた。見たか、いの。これが私の実力だ。

ずいぶんと好感触のチョウジを前に、予想と違ったのだろう――いのが苦々《にがにが》しい顔をしていた。ギリギリと奥歯を嚙《か》みしめる音が聞こえてくるかのようだ。

「どう？　もう私の勝ちでいいんじゃないの？」

そう言ってやると、いのが慌ててチョウジを促《うなが》した。

「チョ、チョウジ、ほら、早く私のも食べてみてよ」

まだむしゃむしゃと頰をふくらませながらも、チョウジはいののつくった兵糧丸を口に入れた。今度はひと口だった。まだ口内にサクラのつくった兵糧丸が残っていて判定しづらかったのか、さらに二つ三つと口の中に入れていく。

「うん……うん……うん……」

目を閉じて、しきりに頷《うなず》きながらいのの兵糧丸を味わうチョウジ。そして――

「すごい！　こっちのもめちゃくちゃ甘くておいしいよ！」

すべてをごくりと飲みこみ、チョウジが満足そうに笑顔を浮かべた。

そこに、すさまじい勢いでいのが詰め寄った。

「それでどっち？　どっちがおいしかったのよ？　ねえ？」

「う～ん……どちらもものすごく甘くておいしくて、甲乙付《こうおつつ》けがたいって感じかなぁ」

首を傾《かし》げつつ、チョウジが次々と兵糧丸を口に入れていく。無論、サクラがつくったものと、いのがつくったもの両方だ。咀嚼《そしゃく》しながら、腕組みをする。

「どっちもいいいんだよねえ。甘くておいしいよ。うん、うまいうまい。うまウボォ」

突然、チョウジが鼻血を吹き出しながら崩れ落ちた。

「いやあああああっ!?」

「ええっ、ちょっ、どうしたの!?」

チョウジは、そのまま白目を剝《む》いてぐったりとしてしまう。

力なくだらんと垂《た》れたチョウジの手から、兵糧丸がこぼれ落ちた。それがいののつくったものであることを見るや否《いな》や、サクラは叫んでいた。

「いのっ、アンタ毒草！　毒草入れたわね!?」

「そんなもん入れるか！　アンタ私をなんだと思ってんのよ！」

「と、とにかく、治療をしないと！　チョウジ、しっかりして！」

サクラが声をかけると、チョウジが静かに口を開いた。

「ボクにも……仲間がいっぱい……出来たよ……」

流れる鼻血で真っ赤になった口もとで、モソモソとうわごとのようにつぶやき続ける。

「なんなのこれっ!? 走馬灯!? 走馬灯なの!?」

「いやあああ、チョウジ死なないで！ サクラ、早くなんとかして！」

いのに泣きつかれるも、サクラにはチョウジがなぜこうなっているのかわからない。治療をしようにも、チョウジの身体《からだ》は、ぱっと診《み》たところいたって健康そのものなのだ。

やはり原因は、今まさにチョウジが食べていた兵糧丸にある。

「ま、まさか……」

サクラはゴクリと固唾《かたず》を呑《の》んだ。

「私の知らない……毒……?」

戦慄《せんりつ》の眼差《まなざ》しで、じっといのを見つめる。

「なんで私を疑うのよっ!?」

「だって、アンタの兵糧丸を食べてこうなっているんだし……」

「アンタのが効いてきたのかもしれないじゃない！」

「私が毒なんて入れるわけないでしょ！」

「ボクにも……仲間がいっぱい……出来たよ……」

「まずいわ！　チョウジの走馬灯が二周目に突入したわよ！」

「ぐずぐずしている暇はなさそうね……！」

そうつぶやいて、サクラは決意をこめた瞳《ひとみ》でしっかりと前を見すえた。そして、目の前に置いてあった、いのがつくった兵糧丸をひとつ手に取った。

「どうするの!?」

「なにが入っているのか確かめてみないことには、治療のしようがないわ」

そう言って、サクラは舌を出した。そして、いのの兵糧丸を舌先に押し当てた。

「毒が入っていたら、舌先が痺《しび》れるかもしれない……」

いきなり食べずに、まずはこうして様子《ようす》見《み》してみる。

「だから毒なんて入っていないってば！　ええいもう！」

そう言うと、いのも兵糧丸を手に取った。もちろん、自分がつくったものではなく、サクラがつくったものをだ。サクラに倣《なら》って、いのもそれをおそるおそる舌先に付ける。

「アンタのがおかしいのかもしれないでしょ！」

真剣な面持《おもも》ちのまま、舌で兵糧丸の確認を続けるサクラ。冷や汗を流しながら、それでも兵糧丸を舐《な》めるいの。しばしの沈黙が続いた。

サクラが、慎重《しんちょう》に兵糧丸を少し囓る。それを見て、いのも怖々《こわごわ》といった様子で兵糧丸を囓った。ふたりとも、兵糧丸の欠片《かけら》をゆっくりと舌の上で転がしていく。

そして——

「……おいしい」

「……うん」

我慢できずに、そのままふたりは手にした兵糧丸をポイと口に放りこんだ。

「なんだろう……私この味、すっごい好き！」

咀嚼しながら驚きを隠しきれずにサクラがそう言うと、

「私もこの味大好き！」

同じく驚きを隠しきれずに、いのがそう言った。

毒だなんてとんでもない。いのがつくってきた兵糧丸は、なぜかサクラの大好物・白玉《しらたま》あんみつの味がした。つまり、サクラがつくったものと同じスイーツ兵糧丸だったのだ。

——でも、なんで……？

サクラがそんなことを考えていると、チョウジがむくりと起き上がった。

「チョウジ、大丈夫なの!?」

「いや～びっくりしたよ。血糖値《けつとうち》が急上昇して死ぬかと……まさか鼻血まで出るなんて」

口もとと髭《ひげ》についた血をゴシゴシと拭《ぬぐ》いながら、チョウジが答えた。

なるほど、血糖値か。サクラは納得した。

たしかにこの兵糧丸、どちらもありえないほど甘い。それをあれほどまでに大量に、しかも一気に食べたのだから具合が悪くなってしまっても無理もない。

おまけにチョウジは、つい先ほどまでアイスクリームを、これまた大量に食べていたらしい。いくら大食漢《たいしょくかん》のチョウジといえども、必要以上に糖分を摂《と》りすぎたというわけだ。

「はあ～、なんだーよかったぁ……」

いのが大きく息を吐いてうなだれた。極度の緊張状態から解放されたのだ。

そんないのを尻目《しりめ》に、

「うーん、でもこの兵糧丸を食べていたら、なんだか本物のプリンと白玉あんみつを食べたくなってきちゃったよ。やっぱり今から『甘栗甘《あまぐりあま》』に行こうかな?」

チョウジはそんなことをあっけらかんと言ってのけた。

「チョウジ、アンタほんとに死ぬわよ!?」

「大丈夫だよ。さっき食べたのなら、もう消化したし」

「さすがにそれはありえないでしょ……チョウジ、アンタほんとすごいわ……」

けろりとしているチョウジを見つめながら呆《あき》れ顔《がお》のいの。

サクラは、そんないのに訊《たず》ねてみた。

「ねえ、いの。なんでわざわざ私の好きな味にしたの？」

第三者——チョウジに食べてもらって客観的な判定をしてもらうと言いだしたのはいのなのに、これは一体どういうことなのか。どうしても訊《き》いておきたかったのだ。

するといのは、ばつが悪そうな顔をしてそっぽを向いた。

「べつに……ただ、アンタに食べさせれば喜ぶかなって……」

なんてことはない。

いのもまた、サクラと同じように思考して、相手の好物を入れたのだった。

要するに、同じ写真立てを取り合ってケンカした挙《あ》げ句《く》、同じことを考えて勝負に臨《のぞ》んでいたというわけだ。そう考えた途端、笑いが堪《こら》えきれなくなってしまった。

「アハハハハなによそれぇ、けっきょくは私と同じ作戦じゃない」

急に笑いだしたサクラにつられて、いのも笑いだす。

「ふふっ、そりゃあ、ダテに長いこと付き合ってないわよ。どんだけいっしょに過ごしてきたと思ってんのよ？　アンタの考えなんて、全部お見通しなんだからね」

「お互いにね」

サクラがそう付け加える。そうして、お互い顔を見合わせて笑い合う。あまりにもおかしくて、ついには涙まで出てきた。指でそれを拭いながら、サクラはいのに提案した。

「それじゃあ、お見通しついでに言いたいことがあるんだけど」

「なによ？」

「私たちふたりで結婚祝いを探せば、もっとすごいものが見つけられると思わない？」

「当然。私のセンスにアンタのセンスが加われば敵なしよ！」

にやりと微笑んで、いのがウィンクをする。

「よーし、それならふたりで最高のプレゼントを探しに行くわよー！」

サクラが空に向かって元気よく拳を突き上げると、いのが微笑んだ。

「まったく、サクラ……アンタってほんと強くなったわよね」

途端にしんみりとしながら、いのが遠くを見つめた。

「昔はあんなに泣き虫だったのにね……。いっつも『デコリーン』だの『デコレボリューション』だの言われて泣いてたっけ……」

「ちょっといの！　なによ『デコレボリューション』って!?　勝手に人の過去のあだ名を捏造《ねつぞう》してんじゃないわよ！　っていうか、それアンタが今考えたわね!?」

サクラが怒鳴《どな》ると、いのが舌を見せて逃げていく。

「あ、コラ！　待ちなさいよ！」

「アッハハハ、冗談だってー！」

どこか楽しげなふたりの声が、木ノ葉茶通りの喧騒《けんそう》に溶けこんでいく。

サクラといの——

ふたりはいつまでもライバルであり、そして最高の親友同士であった。

第六章

伝説の教師

この仕事を選んでよかった。

もし胸を張ってそう思えたのだとしたら、これほどまでに幸せな人生はない。

なぜならば、仕事とは自分のため、そして誰かのために生きることであるからだ。

うみのイルカは、そう考える。

そして、イルカは今まさに幸せであった。胸を張って、そう思っていた。

きっかけは、ラーメン一楽《いちらく》の人気トッピングランキング一位の座に「ナルト」の三文字を見つけたというただそれだけのことだった。

しかし、それだけでイルカは、目前に迫ったナルトとヒナタの結婚式のことを考えてしまい思わず感極《かんきわ》まってしまったのだ。歳《とし》をとって涙もろくなったのだとは思いたくない。

イルカのこの感情は、いわゆる親心というやつに近いものなのかもしれない。

そして実際、こんなことがあった。

その日、いつものように忍者学校《アカデミー》の職員室で事務仕事をしていたイルカのもとに、えらくかしこまった顔をしてナルトがやって来た。結婚式のことで話があるという。

しかし、すでに式には出席すると返事をしていたイルカには思い当たるところがない。

何事かと訊《たず》ねると、ナルトはおもむろにこう切り出した。


父親として出席してほしい、と。


それを聞いて、イルカは笑顔で即答した。「任《まか》せておけ」と。

そして、「あんまりにも真剣な顔でやって来たものだから、またラーメンを奢《おご》ってくれだなんて言われるのかと思ったぞ」なんて冗談を飛ばしながらナルトを見送ったのだが、ナルトの姿が見えなくなると、人目もはばからずに号泣《ごうきゅう》してしまったのだった。

長年教師をやってきて、これほどまでに嬉《うれ》しかったことはない。

自分の選んだ道は間違っていなかったと思えて、涙が止《と》めどなくあふれてきたのだ。

一楽で「ナルト」という文字を見ただけでも、こうしてまた目頭《めがしら》が熱くなってしまう。

そうしてついつい、トッピングでナルトの追加をお願いしてしまうのだ。

それだけナルトは、イルカにとって特別な思い入れがある生徒だった。

もちろん、教師であるイルカは、ひとりの生徒だけを特別扱《あつか》いしたり贔屓《ひいき》したりするようなことはしてはいけない。しかし、それをわかっていてなお、イルカにとってナルトは、ひとりの生徒としてだけでなく、ひとりの人間として特別な存在であった。

だが、最初からそうだったわけではない。

初めてナルトの担任になったときは複雑な気持ちだった。

ナルトの顔を見ると、どうしても死んだ両親の顔を思い出してしまうのだ。

優秀だったイルカの両親は、優秀であったがゆえに幼いイルカを残して帰らぬ人となっていた。里を襲った化け狐《ばけぎつね》からイルカを、そして里の人々を守るために、最前線に立ってボロボロになりながら命尽《つ》きるまで戦ったのだ。

以来イルカは、誰からも褒《ほ》められず、誰にも認められずに孤独な少年時代を送ることになる。誰もいない真っ暗な家に帰るたびに、両親のことを思い出した。

時が流れ、イルカは教師になっていた。

そんなイルカの前に生徒として現れたのがナルトだった。

あのときの化け狐——九尾《きゆうび》がナルトの中に封印されていることは知っていた。そして、ナルトに非がないことは充分に理解していたつもりだった。だが、頭ではわかっていても、長い年月をかけてようやく折り合いをつけたはずの心はざわついた。

寡黙《かもく》で厳しい父と家庭的でしっかり者の母はともに上忍《じようにん》で、人々からの信頼も厚かった。

イルカは、いつも仲間たちの輪の中心にいる両親を誇りに思った。いつの日にか自分も立派な忍《しのび》となって、そんな父や母を支えていきたいと考えるようになった。

しかし次の瞬間には、化け狐が天をも切り裂くような咆吼《ほうこう》をあげながら現れる。イルカを庇《かば》い重傷を負った母の姿と、血だらけになりながらも死闘を続ける父の姿がどんどんと遠ざかっていき、そうしてイルカは暗い自室で飛び起きるのだ。

幼い頃からたびたびみる悪夢だった。

ナルトの担任になってからというもの、この夢が毎晩のように続いた。

すっかり精神的にまいってしまったイルカは、無意識のうちにナルトを避けるようになっていた。ナルトはいたずらばかりして里人たちから嫌われていた。クラスメイトからは仲間はずれにされていた。イルカはなにもできずにただそれを見ていた。教師としてやっていく自信をなくしてしまっていたのだ。イルカは無力であった。

しかしイルカは、ある日はたと気づいてしまう。

ナルトは昔の自分と同じだということに。

誰からも褒められず、誰にも認められずに過ごす日々のつらさを誰よりもわかっていたはずの自分が、どうして今までそれに気づかなかったのか。

そのことに気づけてからというもの、ナルトに対してもふつうに接することができるようになった。やがて、悪夢もみなくなった。

だが、もしも。もしもあのとき、気づくことができていなかったらと、イルカは今でもたまに考えることがある。自分のことしか考えることができず、常《つね》にかわいそうなのはただ自分だけだとしか思えず、人の痛みにまるで気づけない最低な大馬鹿野郎になっていたかもしれない。

ナルトのおかげだと、イルカは思っている。

ナルトとの出会いが、自分の人生を変えるきっかけになったのだ。

ナルトとの出会いが、イルカの中で一生教師として生きていく覚悟をつくったといっても過言ではない。イルカにとってナルトは、そういう大切な存在であった。

すると——

昔のことを思い出していたせいだろう。ふと、ある男の顔が脳裏をよぎった。

男の名はミズキ。昔から成績も良く忍術の才能にも恵まれていた男だった。

ミズキとは幼い頃からの知り合いで、ともに教員採用試験を受け、ともに働き、助け合ってきた。なにかと口うるさいイルカと違って、いつも笑顔でやさしいミズキは、生徒たちからも人気のある先生だった。

だが、ミズキには生徒たちに見せるやさしい顔とは別の顔があった。

ミズキは嫉妬深《しっとぶか》く、自分を信じることのできない男であった。

本当の自分をわかってくれる人がいない。本当の自分はもっとすごい。本当の自分はこんなものではない。自分はこんなところで小さく収まるような人間ではない。自分は里から過小評価されていると、イルカの前でだけはそのように漏《も》らしていたことがあった。

つまるところ、ミズキもまた、誰にも認めてもらえないと悩んでいた男だったのだ。

そのためミズキは、結果ばかりを執拗《しつよう》に追い求めていた。うまくいかないことをすべて人のせいにした。人を羨《うらや》み、妬《ねた》んだ。けっきょくミズキは、邪悪な野心を捨てきれずに道を誤《あやま》った。そしてついには、忍としての道も踏《ふ》み外《はず》してしまったのだ。

——ミズキ……。

イルカは思う。

——教師という職業に、目先の結果なんてありはしないんだ。

もし結果が出るとすれば、それは五年後や十年後——いや、場合によってはもっともっと長い歳月が必要になるかもしれない。子供たちがどんなふうに成長して、どんな大人《おとな》になって、結果としてどんな人生を送ったのか。

そこまで見なければ、わからないことだってある。

ナルトは、今や里でその名を知らぬ者がいないほどの有名人だ。

里の誰もが、ナルトのことを認めている。

幼い頃、落ちこぼれだと馬鹿にされ、孤独な日々を送ったあのナルトがだ。

この結果が、はたしてミズキには想像できただろうか。いや、できまい。

イルカは今、長年教師を続けた者でなければ決して見ることのできない未来を目の当《ま》た《あ》りにしていた。この気持ち、この感動は、他の人にはわからないだろう。

——この気持ち……お前にも味わわせてやりたかったよ……ミズキ。


一楽を出た頃には、すでにあたりは暗くなっていた。

夜風に吹かれながら、イルカはひとり家路を急ぐ。胸ポケットの中にはナルトとヒナタのために買った結婚祝いが入っていた。歩くたびに感じる確かな重みが、心地良い。

自分は幸せ者だとイルカは思った。ナルトだけでなく、多くの生徒たちが卒業してからも自分のことを慕《した》ってくれている。こんなにも幸せなことはない。

特にナルトとは、今でもよくいっしょにラーメンを食べに行くほどの付き合いだが、これからはそうしてナルトと外食ばかりしていたら、家で手料理を用意しているヒナタに怒られてしまうかもしれない。そんなことを考えて、イルカは自然と笑顔になった。

幸せな気分のまま自宅に帰ったイルカは、真っ暗な部屋に明かりを灯《とも》した。

誰もいない部屋が、煌々《こうこう》と明るく照らされる。

部屋の空気は、ひんやりとしていた。

洗面台には、買い換えようと思ったままそれきりのくたびれた歯ブラシが一本。テーブルの上には、飲みかけの湯飲みが置きっぱなしになっていた。

ここでイルカは、洗濯物を取りこみ忘れていたことに気づいた。

夜の外気にすっかり冷たくなってしまった下着を、黙々と片付けていく。

ピチャン、と蛇口《じゃぐち》から水滴が落ちた。静かな夜だった。

そんな静寂《せいじゃく》を、突如《とつじょ》として子供たちの笑い声が打ち破った。となりの家の子供たちだ。

イルカはひとり部屋に佇《たたず》んでいた。「ふう……」とひと息ついて低い天井を見上げる。

──そろそろ自分も本格的に人生の伴侶《はんりょ》を……。

なぜだか今日は、一際《ひときわ》強くそんなことを思ってしまう。

そしてイルカは、小さく拳《こぶし》を握りしめると、ぽつりと口にした。

「よしっ、オレもナルトに負けていられないな……！」

静かな決意表明だった。

我《われ》こそはという方は、ぜひ彼のもとまで。

第七章

最後の任務 前編

リーとテンテンは、演習場で話をしていた。

シカマルとチョウジは、偶然ばったりと出会っていた。

サクラといのは、行きつけの雑貨店に向かっていた。

サイは、空を見上げて崩れ落ちていた。

イルカは、鼻唄《はなうた》まじりに洗濯物を干《ほ》していた。

そして一楽《いちらく》は、いつもどおり営業していた。

誰も、その近くを飛んでいた一匹の羽虫《はむし》の存在に気がつかなかった。


羽虫が、一匹。木《こ》ノ葉《は》隠《がく》れの里をうろうろと飛び回る。

小さな虫だった。誰も気に留《と》めないほど小さな虫だった。それに、たとえ意識して見つめたとしても、晴れた日の屋外では、まぶしい陽《ひ》の光によってすぐに見失ってしまうことだろう。せわしなく動き回る小さな虫を目視し続けることは困難を極《きわ》める。

だが――

不意に、羽虫が動きを止めた。いや、正確には、翅《はね》を休めてとどまったのだ。

どこか一箇所《いっかしょ》にとどまってさえくれれば、小さな虫でも容易に目視できる。

たとえばそう、目の前にピンと立てた自分の指先などならば。

油女《あぶらめ》シノは、指先にとまった羽虫をサングラス越しにじっと見つめていた。

「……ごくろうだった」

そして、静かな声で虫にねぎらいの言葉をかけた。すると指先にいた虫は、そのままシノの手の甲を歩いていき、さも当たり前のように袖《そで》の中に姿を消した。服の中に虫が入っていってしまったが、シノは別段慌《あわ》てるわけでもなく平然とした顔をしていた。

それもそのはず。

なぜならシノは、油女一族という蟲使《むしつか》いの家系に生まれた忍《しのび》だからだ。

一族の者は、寄壊蟲《きかいちゅう》という名の蟲を生まれてすぐに体内に宿し、それらを自在に操《あやつ》る代わりに己《おのれ》のチャクラを餌《えさ》とする契約を結んでいた。

そして、今しがた袖の中に入っていった羽虫こそが、シノの操る寄壊蟲であった。シノが平然としていたのも当然のこと、今のは寄壊蟲が巣穴に戻っていっただけなのだ。

契約を結び、ともに生きている蟲たちは主《おも》に任務の際に使われるのだが、その用途は多《た》岐《き》にわたっていた。攻撃や防御のみならず、捕獲に索敵《さくてき》、追跡や探索に治癒《ちゆ》など、ありとあらゆる場面で使われていた。無数の蟲に人の形を取らせ、分身の術にも使用するほどだ。

このように、生まれたときより無数の蟲と共生している油女一族は、蟲の習性を熟知し、蟲とともに戦う術を古来から磨いてきた秘伝の一族であった。

そしてこの日——

シノはそんな秘伝の技を、里の仲間たちの動向を窺《うかが》うために使っていた。一体なぜそのようなことをしていたのかというと、その理由はシノのとなりにいる男にあった。

「で、どうだった？」

となりで忍犬《にんけん》・赤丸《あかまる》と遊んでいた犬塚《いぬづか》キバが、そう声をかけてくる。

「やはり、みな結婚祝いを入手しに動いているようだ……」

里を一望できる高台に立ったまま、シノが答えた。

「だろうな。それで、すでになににするか決めてるってやつはいたか？」

「多くはまだだろう。集まって相談しているといったところか」

シノがそう告げると、キバが歓喜の声をあげた。

「ひゃっほ〜、やっぱりオレの睨《にら》んだとおりだぜ！」

言いながら、キバは顎《あご》に生《は》やした無精髭《ぶしょうひげ》をなでた。キバは最近、すっかりこの無精髭がお気に入りのようで、ことあるごとに触《さわ》っていた。癖みたいになっているのだ。

「みんなが悩んでいる今がチャンスか。いよいよオレの出番ってわけだ」

「正確には『オレたちの』だ」

間髪入《かんはつい》れずにシノがつぶやくと、「へっ」とキバが不敵な笑《え》みを浮かべた。

「んなこたぁわかってるっつーの。な、赤丸？」

そう言うとキバは、自身の腰を超えるほど体高のある赤丸を、わしゃわしゃとこねくり回すようにしてなでた。犬塚家という忍犬使いの一族に生まれたキバにとって、赤丸は幼い頃より寝食をともにしている相棒であった。それは赤丸にとっても同じことで、齢《よわい》十歳を過ぎた今でも、キバとともに毎日のように任務をこなしていた。

そんな赤丸が「ワンワン‼」と吠《ほ》えると、すかさずその声にキバが答えた。

「おう、そうだな。オレたち第八班にしか贈れないもんを見つけてやるんだ」

――第八班か……。

赤丸とじゃれ合うキバを見つめながら、シノは思い出す。

初めてキバと同じ班になった日のことを。

寡黙《かもく》なシノと、行動派のキバに赤丸、そして引っこみ思案なヒナタ。

この三人と一匹が、第八班の班員である。

ともに修業し、支え合い、ずっといっしょにやってきた仲間だ。

だが、大人《おとな》しいヒナタはともかくとして、やかましいうえにやたらとリーダーシップをとりたがるキバと初めて同じ班になったときは、あまりにも性格や考え方が違うためにうんざりしたものだ。あのときは、この先の未来には不安しかないと毎日嘆《なげ》いていた。

「お前とはうまくやっていけそうにない。なぜならオレたちは――」

面と向かってそんなことを言ったのを今でもよく覚えている。ちなみに「なぜなら」のあとがほぼないのは、キバが「なんだお前？　暗《くれ》えんだよっ！」と叫んだためだ。

キバは昔から粗野で、声が馬鹿みたいにでかいのだ。

「キバ……初めて同じ班になったときにオレが言ったセリフを覚えているか？」

なにとはなしに、気がついたらシノはそう訊《たず》ねていた。直情型のキバのことだ。おそらく、そんなことは覚えてすらいないだろう。

「初めて……？　ああ、あのときは演習場で昼メシを喰《く》ったっけな」

赤丸をなでながら、キバは考えこむようにして空を見上げた。そして、

「確か……『オレの弁当にだけ虫が入っている……』とかそんな感じ――」

「そんなことは言っていない」

なんてことだ。覚えていないどころかわけのわからない捏造《ねつぞう》された記憶に置き換えられていた。あの頃より抱《いだ》いている不安が未《いま》だ消えないまま、シノは黙ってキバを見つめた。

「な、なんだよ。そうじゃなかったかぁ？」

シノの視線に戸惑《とまど》うキバであったが、それも一瞬のこと。

「まあ、細《こま》けえことは気にすんなよ。それより今は結婚祝いだ。だろ？」

犬歯を見せて笑うキバ。こうして気持ちの切り替えが早いのが、キバのいいところでもあり悪いところでもあるなとシノは思った。

すると――

「オレはな、シノ」

キバの声色《こわいろ》が変わった。ふたりの間を、ざあっと風が吹き抜けていく。

真剣な眼差《まなざ》しで、キバが続けた。

「カカシ先生が任務だと言ってくれたこの結婚祝いの件、嬉《うれ》しかったんだ。カカシ先生もみんなも、もちろんあえてそういう言い方をしただけだってわかってるし、オレだってそんなことはわかる。ただの粋《いき》な計《はか》らいってやつだってな。でもな、オレはこれを本当の任務だって考えてるんだ。これがオレたち第八班の最後の任務になるだろうってな……」

シノは相づちも打たず、ただ静かに黙って聞いていた。

「最後の任務、その最後のチャンスをくれたんだとオレは思ってる。カカシ先生は、オレたちのためにあえてこういう表現を使ったんじゃないか……なんて考え過ぎか……」

そこまで言って言葉を切ると、目をそらして、キバが照れくさそうに笑った。

「いや、そんなことはない……」

シノにはキバの気持ちが痛いほどわかっていた。なぜならシノも、キバとまったく同じ気持ちだったからだ。ヒナタは今、結婚式の準備で忙しかった。シノもキバも中忍《ちゅうにん》として隊を率《ひき》いて任務に当たることが多くなっていた。もうずいぶんと、第八班として三人と一匹で任務に出ていなかった。そしてそれはこの先もおそらく——

「ヒナタのためにオレたちができる第八班としての最後の任務か……」

他の誰でもない。同じ班として幼い頃より苦楽をともにしてきた班員にしかわからないことがある。シノとキバ、それに赤丸——第八班にしかできないことがきっとあるはずだ。

だからシノは寄壊蟲を飛ばして他の仲間たちの様子《ようす》を探っていたのだ。キバとともに誰よりも素晴らしい結婚祝いを用意するために。ヒナタを喜ばせるために。

「それで、どうするんだ……?」

シノが訊ねると、キバが固まった。じっと前を見つめたまま、なにも言わなくなってしまったのだ。ふたりの間に、沈黙が続いた。落ち着きなくうろうろとしていた赤丸が、キバを見上げて心配するように「クゥーン……」と鳴いた。日頃から沈黙を金《きん》とするシノですら、さすがにこの静寂《せいじゃく》には耐えられなかった。

「まさか、なにも考えていなかったのか？」

キバが無言のまま頷《うなず》いた。あれだけのことを言っておきながら、勢いだけだったとは。

やはりキバはいつまで経《た》ってもキバだ。そんなところも、昔から変わらない。

ならば、とシノが提案する。

「ひとまず、ヒナタが好きなものを挙《あ》げていくしかないようだな。好きなものを贈るに越したことはない。なぜなら、せっかくの結婚式にたとえ知らなかったとしても嫌いなものを贈ってしまっては、気まずい雰囲気になってしまうおそれがあるからだ」

ヒナタとは、長年いっしょに任務をこなしてきた仲だ。まさに同じ釜《かま》の飯を食った者同士といってもいいだろう。そんなヒナタの好みならば、誰よりも知っている。

「ヒナタが好きなものってーと、ぜんざいとかか……」

キバのひと言《こと》に、シノも思い出す。確かにヒナタはぜんざいが好きだった。修業や任務での休憩中に立ち寄った茶屋などで見つけると、いつも目を輝かせていたものだ。

「あとは……そうだ。押し花かなんか作ってたよなぁ。まったく、地味な趣味だぜ」

ぜんざいと押し花……どちらも結婚祝いとしてピンとこない。というか、結婚祝いにぜんざいを贈るやつが果たしてこの世にいるのだろうか。シノが頭を悩ませていると、

「ああ、そうそう。ナルトのやつよぉ、いっつもラーメン食ってるイメージあんだろ？」

キバがいきなりそんなことを言いだした。

「ああ。イメージというか、実際によく食べているな」

「でもな、これは意外とみんな知らねーんだが、ナルトはおしるこも大好きなんだぜ」

「ほう、そうだったか。そういえばおしるこ缶を飲んでいるところを見たことがあるな」

「だろ？　それからこれも意外っちゃ意外なんだがよ、あいつ植物の水やりが趣味みてーでな。それも、ただ水をやるだけじゃねーんだなこれが」

キバが嬉々《きき》とした顔のまま、もったいぶるかのように声をひそめた。

「ナルトのやつ、観葉植物に話しかけながら水やってんだよな。もちろん部屋にひとりきりでだ。驚いたぜ。赤丸と散歩しているときアイツん家《ち》の前を通りかかったら、たまたま聞こえてきてよ。植物に話しかけるとか、変なやつだよなぁ。な、赤丸？」

キバの問いかけに、赤丸が「ワン！」と威勢よく答えた。赤丸がなにを言ったのか、犬語がわからないシノですらわかる。「そのとおり！」と言っているのだ。

「それは確かに変わっているな。虫との対話はふつうだが、植物はありえない。よほど暇だったのか、あるいは……。念のため今度様子を見に行くべきだな……」

シノもまた、腕を組んで頷いていた。

ナルトにはそういう変わったところがある。そういえば以前、自分の影分身とトランプをしていたこともあった。やはりオレが遊びに行かねばと、シノはひとり思う。

「まあでも、こうして改めて考えてみるとすげえんだよな」

「……なにがだ？」

「ほら、ふたりの好物。ぜんざいとおしるこだろ？　それから押し花とか植物の世話とか、やっぱりなんやかんやであのふたり好みや趣味なんかが似てねーか？」

「なるほど、これは盲点だったな。ところでキバ――」

「ん？　なんだ？」

「肝心《かんじん》の贈り物の話だが……」

「ああ。どうすっかな……」

それきりその場は再び静寂に包まれてしまう。腰を下ろして、キバは所在なげに赤丸をなでていた。シノはいつものようにうつむいたままじっと立《た》ち尽《つ》くしていた。

「誰かに……訊《き》こうぜ……」

沈黙に耐えかねたのか、今度はキバが口を開いた。

「みんな相談してんだろ？　オレらも……なあ？」

第八班最後の任務とか言いながら意気込んでいたキバはどこに行ってしまったのか。

シノは、足下《あしもと》を歩いていたアリの行列を眺めながらそんなことを思った。思ったが口には出さなかった。なぜなら、キバのおかげでもっといい案が思い浮かんだからだ。

「オレたちも相談しに行くしかないだろう……」

「おしっ！　そんで、誰に訊きに行く？　お前のオヤジさんか？　先に言っとくがうちの母ちゃんと姉ちゃんはダメだぜ？　ヒナタとはまるでタイプが違うからな」

立ち上がったキバが、そうまくしたててくる。まったく、せっかちなやつだ。

「第八班最後の任務にふさわしい人がいる。なぜならその人は——」

「なるほど、そういうことか！　よし、行くぜ赤丸！」

シノがまだ言い終わらぬうちに、キバが納得した。そして、そのまま赤丸とともに走っていってしまう。キバと赤丸の後ろ姿が、あっという間に小さくなっていく。

——つくづく落ち着きのない男だ……。

そんなことを考えながら、シノは歩いてキバのあとに続いた。


シノが目的の場所にたどり着いた頃には、先に来ていたキバと赤丸はすっかりくつろいだ状態だった。赤丸は絨毯《じゅうたん》の上で横になり、キバは深々とイスに腰を落ち着けていた。

「おう、遅かったな」

シノが静かに室内に入っていくと、それに気づいたキバがそう言って湯飲みを掲げた。

まるで我が家《わや》であるかのような振る舞いだ。おそらくキバは遠慮という言葉を知らない。

「くつろぎすぎだ。キバ」

シノはそう言って、音もなくイスに腰掛ける。すると——

奥の部屋から現れた幼子《おさなご》が、とてとてと駆けてきて赤丸に飛びついた。

「赤キバ！　赤キバ！」

そんなことを言いながら、赤丸の上に乗っかって耳を引っ張る。

寝そべっていた赤丸は、一瞬首を持ち上げて少し迷惑そうな顔をしたが、再びだらんと横になるとそのまま幼子にされるがままになっていた。

「だーかーらー、キバはオレで、そっちは赤丸だっつーの」

キバがうんざりとした調子でうなだれた。どうやらふたりは、先ほどから何度かこのやりとりをくり返していたようだ。幼子が「キャッキャ」と楽しそうに笑う。

「赤キバとキバ丸！」

「混ざってる、混ざってるんだよなぁ……。勘弁《かんべん》してくれミライ……」

幼子の名は猿飛《さるとび》ミライ。今は亡《な》き猿飛アスマの子であった。

「なんでだ……？　毛が白いのに赤丸だから覚えづらいのか……？」

赤丸に抱きついて頰《ほお》ずりするミライを横目に、真顔《まがお》でそんなことをつぶやくキバ。

確かに赤丸は、その名前に反して白い毛並みの犬であった。キバが調合した特殊な兵糧《ひょうろう》丸《がん》を食べることによって、その毛が朱《あか》に染まることからこの名がついたのだ。

だが、毛の色なんてものはあまり関係がないだろうとシノは考える。

なぜなら、キバと赤丸は散歩の途中に訪れる公園で、よくミライと遊んでいるのだ。

ほとんど会わない人ならば名前を覚えてもらえなくても当然だが、それはキバと赤丸には当てはまらない。なのでふつうに名前を混同されているのだ。おそらくは、キバと赤丸がいつもいっしょで仲が良いためだろう。というか、そうだと願いたい。

「よく遊んでいるわりにはまだ覚えてもらっていないんだな」

なにげなくシノがそう言うと、キバががっくりと肩を落とした。

「気にすることはない。幼い子供とはそんなものだ」

「虫のおじちゃん！」

いきなりミライに指をさされて、シノは切ない気持ちになった。そして先ほどまで落ちこんでいたキバがやたらと大きな声で「ギャハハ」と笑いだした。

「オ……オレは虫のおにいさんだ……なぜならオレはまだ――」

シノが動揺を隠しきれずにいると、後ろから声をかけられた。

「話はだいたいキバから聞いたわ」

振り返ったシノの目の前で、艶《つや》やかな黒髪が揺れ動いた。ミライの母親・猿飛紅《くれない》がお茶と軽食を手にやってきたのだ。妊娠・出産を経《へ》て今は家事に育児に大忙しの紅だが、彼女こそ、シノとキバ、そしてヒナタの第八班を受け持っていた恩師であった。

シノとキバは、第八班最後の任務ならば、紅先生に助言を求めるのが筋だろうと考えてここにやって来たのだった。しかし——

「ヒナタに贈り物ねえ……」

テーブルの上に軽食——ほとんどが酒のつまみ類だった——を置いて、紅が腰掛けた。

「私のところに来るより、ハナビにでも訊いたほうがいいんじゃない？」

そんなことを言われてしまう。

「いや、まあ、確かにそうなんスけど……」

大好物のビーフジャーキーに伸ばしていた手を止めて、キバが口ごもる。

ハナビはヒナタの妹である。地味でどちらかといえばもっさりとしている姉ヒナタにくらべて、ハナビは年頃の女の子らしく派手好きでオシャレだった。

「やっぱり身内は避けたいかなと……思いまして……」

慣れない様子でぎこちなくしゃべるキバ。

キバは最近、紅の前では敬語を使うようになっていた。さすがにいつまでもいい歳《とし》して恩師に向かって友達感覚で話すわけにもいかないと考えてのことだろう。

「あ、あとは、まあ、あまり親しくもねえ……ないですし」

ヒナタの迎えなどで日向《ひゅうが》家を訪れたことはたびたびあるが、シノもキバもそれほどハナビと面識があるわけではない。いきなり相談しに行くというのも気が引けるし、キバの言うとおり、身内に訊けばなにかのきっかけでヒナタの耳に入ってしまう可能性もある。

「う〜ん、そうねえ……」

紅が腕を組んで考えこむ。ここでようやくビーフジャーキーを手にしたキバは「歯応《はごた》えが重要なんだよな歯応えが……」などと呪文《じゅもん》のようにくり返しながらそれを齧《かじ》った。

ハナビと言われてキバが口ごもったのには、もうひとつわけがある。シノには心当たりがあった。あれは、月が落ちてくるという未曾《みぞう》有の事件があった日のことだ。


地上に次々と隕石《いんせき》が降りそそぎ、まさに地球最後の日かと思われたその事件は、まだ記憶に新しい。里の復興はだいぶ進んでいたが、一歩里を出ればそのときの傷跡が未《いま》だ生々《なまなま》しく残っていた。たとえ長い年月を経たとしても、隕石によって薙《な》ぎ倒《たお》された木々やクレーターが完全に元に戻ることはないだろう。

雨あられのように降りそそぐ隕石から忍たちが一丸となって里を守る中、事件の首謀者に攫《さら》われたハナビを助けるべく少数精鋭のチームが結成された。

首謀者のアジトを見つけ出しハナビを助ける任務だ。

そのようなタイプの任務は、忍犬使いであり自身も鼻の利《き》くキバの十八番《おはこ》である。おそらくヒナタつながりで第八班のオレが選ばれるはずだぜとキバは自信満々に語っていた。

しかし、実際に選ばれたチームの中に、キバの名前はなかった。

そのことで、キバはひどく落ちこんでいた。

「なんでオレじゃねェんだ……。オレだったら、ニオイでハナビの居場所が割り出せるのによ……。ぜってー役に立てるはずなんだ……。そんでもって、敵の大将も見つけてよ、新技でこらしめてやんだ……。月の落下だって止めてみせるのによ……」

キバにしては珍しく、長々と愚痴《ぐち》を言っていたのを今でもよく覚えている。

そして「終わった……」と落ちこむキバに、「まもなく地球も終わりそうだが」と声をかけたのもよく覚えている。なぜ覚えているのか。それは無視をされたから。

しかし、カカシ先生は適材適所というものをよくわかっているとシノは思う。

六代目火影《ほかげ》としてみなの命を守るために采配《さいはい》を振るっていたカカシは、キバにハナビ救出ではなく救命班としての任務を与えていた。落下する隕石によって倒壊した建物に埋もれた人々を、いち早く見つけ出し救助するという任務だ。

鼻の利くキバと赤丸ならばこそ可能となる大切な使命であった。

そしてシノもまた、キバとともに救命班として出動していた。蟲たちならば人や犬が通れないような狭い瓦礫《がれき》の隙間《すきま》にも自在に入っていけるためだ。シノとキバは、赤丸に乗って里中を走り回りながら、逃げ遅れた多くの人たちを救い出すことに成功していた。

さらにキバは、防空壕《ぼうくうごう》に避難せずに里の忍たちと未来を信じて明日《あした》のラーメンの仕込みを続けていた一楽の店主テウチの手伝いをしたり、店に向かって落ちてきた隕石を自慢の新技で粉砕するなど目を見張るほどの華々《はなばな》しい活躍を見せていた。

ただひとつキバにとって残念だったことは、そんな活躍も、常《つね》にとなりにいたシノしか見ていなかったということくらいか。そしてシノは、このことを誰にも言っていなかった。そういった功績は、わざわざ誇示するべきものではないと思っていたからだ。


シノは、ビーフジャーキーをもそもそと噛《か》みしめるキバをじっと見つめていた。

おそらくハナビの名を聞いて、月が落ちてきたあの日のことが——ハナビの救出班に選ばれなかったという苦《にが》い思い出がよみがえったのだろうと、シノは思った。

だが、シノは知っている。

いざというとき、キバは頼りになる男だということを。赤丸とともに里を駆けずり回って、多くの人の命を救ったということを。ついでに一楽のラーメンを守ったということも。

シノだけが、それを知っている。

ならばそれでいいではないか。隕石を破壊したときの衝撃が凄《すさ》まじくてあれだけ張りきっていた新技の技名はよく聞こえなかったが、とにもかくにもそれでいいではないか。

「お茶じゃなくて焼酎《しょうちゅう》でも飲みたくなってくるわね……」

ぽりぽりと乾き物を口にしながら、紅がつぶやいた。紅は昔から無類の酒好きとして有名であった。それも強い酒を好み、やたらと量も飲む。いわゆる酒豪《しゅごう》というやつだ。

趣味が晩酌《ばんしゃく》だなんて、ふだんから一滴も酒を飲まないシノにとってはありえない話だ。酒はよくない。あれは蟲が酔う。シノは、ただでさえ強い匂《にお》いのするものを嫌っていた。食べ物でも飲み物でも薬でもそうだが、匂いや成分がきついものは体内にいる蟲に影響を及ぼすことがあった。そうなれば蟲使いにとっては死活問題だ。なのでシノは、蟲にも人にもやさしい野草のサラダなどを好んで食べていた。

「ああ、そうそう。お酒といえば、アナタたちこういう話は知っている？」

赤丸と遊んでいるミライを眺めていた紅が、シノとキバに視線を戻した。

「昔、森の千手《せんじゅ》一族には、結婚祝いに蜂蜜酒《はちみつしゅ》を贈る習慣があったそうよ」

「千手……？　なんとなく歴史の時間に聞いたような……」

髭をなでながら、キバが首をひねる。シノは、やれやれと首を振った。

「初代様と二代目様だ」

「あっ、そうだ！　いや、もちろん知ってたぜ？」

そんなシノとキバを眺めながら、紅は微笑《ほほえ》んでいた。

「ふたりのやりとりを見ていると昔を思い出すわね」

ニコニコと嬉しそうな顔をする紅を前にして、シノも昔を思い出す。

紅は、それはそれは厳しい先生だった。

男勝《おとこまさ》りのわりに——といったら失礼だろうが、やたらと繊細《せんさい》な幻術を使いこなすのだ。

特に目まぐるしく幻術が多用される戦闘訓練などは今思い出しただけでも吐き気すら覚えるほどキツイものがあった。もちろん、厳しかったのは愛ゆえということも理解していたし、そのおかげで第八班はずいぶんと強くなっていったわけだが、やはり一児の母になれば人はこうも丸くなるのかなんて、しみじみとそんなことを考えてしまうのだ。

「生意気にいかつい髭なんか生やしちゃって。昔は顔なんてつるつるだったじゃない」

見ると、紅が笑顔のままキバのほっぺたをぐにぐにとつねっていた。それも両手でだ。

「いでででっ、やめてくふぁふぁいよ紅せんせぇ……！」

紅は心底楽しそうだ。どうやら丸くなってはいなかったようだ。

「それで先生、千手一族と蜂蜜酒の話は？」

助け船——というわけでもないのだが、シノが話の続きを促《うなが》した。

「ああ。森の千手一族っていうのは、文字どおり森で暮らしていたわけなんだけど」

キバのほっぺたから手を放すと、紅が語りだした。

「森にはクマがいるじゃない？　クマが蜂蜜を採《と》るためにハチの巣を襲うことは知っているわね？　そうしてクマが落としたハチの巣に雨水がたまって偶然生まれたものが蜂蜜酒のはじまりと言われているの。遥《はる》か昔、それを森で暮らしていた千手一族が見つけたのよ。蜂蜜の栄養が含まれた飲むと元気になる不思議な水だってね。それ以来、蜂蜜酒づくりが自然と彼らの文化の一部になっていったというわけ」

「それがなぜ結婚祝いに？」

「まず、当時は製法も完璧《かんぺき》でなく貴重なものだったというのもあるけど、なによりも滋養《じよう》強壮《きょうそう》にいいというのもあるわね。ハチは多産だからそれにあやかったという説もあるわ。とにかく古くからめでたいときに振る舞われてきたお酒なのよ」

「でも、ナルトのやつは酒を飲まねぇですよ？」

「飲むのはラーメンの汁とおしるこくらいだな」

キバとシノがそう言うと、紅が深々とため息をついた。

「ほんとあの子の食生活って偏《かたよ》ってるわよねえ……」

シノとキバは、以前ナルトの家に遊びに行ったときに、ほぼカップラーメンしか置いていない台所を見て戦慄《せんりつ》したことを思い出した。最近では意識して野菜も食べるようにしていると本人は豪語していたが、プチトマトがひとつふたつ置いてある程度だった。

「あいつ死ぬんじゃやね？」と、ふだん肉ばかり食べているキバにすら言われるのだから相当なものだ。ヒナタがなんとかしてくれるはず、と思わずにはいられない。

「まあでも、蜂蜜酒は薬にもなるし料理にも使えるからね。ヒナタならうまく使ってくれるんじゃないかしら。それか、すぐに開けないで寝かせておくって手もあるわね。いずれ結婚式のことを思い出しながら開けるとか、ロマンチックで素敵じゃない？」

「そっか。そう考えると、歴史と伝統のある結婚祝いってのはいいな。それも、木ノ葉の創設者がいる千手一族のときた。こりゃあ未来の火影であるオレが贈るにふさわしいぜ」

そんなことをブツブツと言いながら、勝手に納得するキバ。目を閉じて「うんうん」としきりに頷いている。おそらく火影になっている未来の自分を想像しているのだろう。

しかしシノは、無言のまま考えこんでしまう。少し気になることがあったのだ。

蜂蜜酒とは、酒にくわしい紅ならではの発想だ。シノとキバのふたりだけでは決して思いつきもしないだろう。しかし、いくら酒に疎《うと》いシノでも、里にある店や酒場にどのような種類の酒が置かれているのかくらいのことはある程度把握はしていた。

「なあシノ、さっそく買いに行こうぜ！」

キバがノリノリでそう言うが、シノには蜂蜜酒を見かけた記憶すらない。

「そんなものが売っていたか？　オレは今の今まで生きてきて初耳だったが……」

シノがつぶやくと、紅があっさりと答えた。

「売ってないわよ」

そのひと言に、キバが「へ？」と間《ま》の抜けた声をあげた。

「売っていたら、すでに私が買っているわ。それくらい里では珍しいお酒なのよ」

「ええっと……じゃ、じゃあどうするんすか!?」

「幻《まぼろし》の蜂蜜酒っていってね、何年か前に一度だけ飲んだことがあるの。それきりよ」

「そんなぁ……」

キバがこの世の終わりみたいな顔をする。月が落ちてきたときよりも落ちこんだ顔をしているのではないだろうか。つくづく表情豊かな男だ、とシノは無表情のまま思う。

「以前私が飲んだのは、行商人が持ってきたものでね。あまりにもおいしかったものだから産地を訊ねたの。自分でも買いに行こうと思って。そしたら、なんて言ったと思う？」

一拍間《ま》を置いて、紅の表情が険《けわ》しくなる。

「『空区《そらく》』で仕入れたって」

「空区って、闇《やみ》商人の……!?」

キバの顔付きも途端に険しくなった。

どこの国里にも属さない廃墟《はいきょ》群──空区。一見すると人の気配がない寂《さび》れた街《まち》に見えるが、そこには闇商人の一族が暮らしていると言われていた。規制のかけられた入手困難な武器を扱《あつか》っているなど、あまりよい噂《うわさ》は聞かない場所である。

「正確には、空区に住んでいる養蜂家《ようほうか》がつくったものだと言っていたわね」

「養蜂家……そんなのいるんすね」

「まあ闇商人だってそこで定住して暮らす以上は、武器とお金だけでは生きていけないでしょうから、衣食住が成り立つようななんらかの独自の共同体くらいはあるはずよ」

蜂蜜酒を持ってきた行商人が、空区に立ち寄ったあとに木ノ葉に来ていることから、完全に閉鎖された共同体というわけでもなく外部とのつながりも持っているのだろう。

「私じゃ見つけられなかったけど、アナタたちなら人捜《ひとさが》しは十八番《おはこ》でしょ?」

そう言って、紅が悪戯《いたずら》っぽく微笑んだ。どうも、かなり本気で捜していたようだ。

「任《まか》せてくださいよ。オレとシノ、そして赤丸がいれば余裕っスよ!」

威勢のいい声とともにキバが立ち上がると、それまで寝転がってミライにされるがままになっていた赤丸も、すっと立ち上がった。まさに阿吽《あうん》の呼吸だ。なにも言わずともすぐさまキバのもとへと戻っていった赤丸を見て、ミライが名残惜《なごりお》しそうに声をあげた。

「シノ丸行っちゃうの？」

「だから赤丸だって！　ていうか、さらに混ざってるじゃねーか！」

相も変わらぬやりとりを繰り広げるふたりを眺めていると、「シノ、ちょっと……」と紅が手招きしてくる。そうして、シノにだけ聞こえるように小声でこう言った。

「キバはきっと察していないわ。アナタはわかっているわよね？」

キリッとした瞳《ひとみ》で見上げられ、シノは静かに首肯《しゅこう》した。

――ついでに私の分も買ってきなさい……！

そんな無言の圧力を感じ取ったためだ。

「問題ない……」

簡潔にそう答えて、シノはそそくさとその場をあとにした。

枝から枝へ。鬱蒼《うっそう》と生《お》い茂《しげ》った木々の間を飛んでいく。

シノとキバ、赤丸のふたりと一匹は、ヒナタに贈る結婚祝いを入手するために里を出ていた。一行は、すでに野宿も挟みかなりの距離を走っていた。

キバは、少し前に改良された木ノ葉ベストの上にジャケットを羽織《はお》っていた。首もとや内側にファーをあしらった野性的なデザインのジャケットである。

シノもまた、キバと同じようにベストを着こみ、その上からはお気に入りの長いコートを羽織っていた。そうして、コートに付いているフードを深々とかぶる。

ふたりとも、これがいつもの任務時の服装であった。

つまりは、今回の第八班最後の任務にもっともふさわしい服装だ。

両胸の巻物ポーチが省《はぶ》かれた改良型ベストは、動きやすさをより重視したつくりになっていた。軽量化されているにもかかわらず、以前のベストよりも丈夫になっているというのだから驚きだ。一昔前では考えられないことである。めざましい技術の進歩であった。

時は着実に流れているのだと実感させられる。里も人も物も、次々と変わっていく。

ああ、ついにこうして時代の流れを感じるような歳になってしまったかと、シノは少しだけしんみりとした気持ちになってしまう。そしてこの先、木ノ葉の次世代を担《にな》っていくミライの顔を思い浮かべる。ミライに言われたことを思い出す。

「オレは……そんなに老《ふ》けて見えるのか……?」

ついついい声に出してつぶやいてしまうと、空中でキバが振り返った。赤丸を先頭に、ふたりは木々を蹴《け》って、さながら宙を駆けるかのように進んでいた。下を走るよりも、このほうが速いためだ。枝をひと蹴りするたびに、周囲の景色が勢いよく後ろに流れていく。

しばらくきょとんとしていたキバであったが、シノの言ったことを理解したようで、

「おいおい、んなことまだ気にしてたのかよ。『虫のおじちゃん』」

にやりと笑いながらそんなことを言ってきた。

「オレは気になどしていない。黙っていろ『カバ丸』」

「『キバ丸』だ！　いや、キバ丸でもねーし！」

そのようなことを言い合いながら、樹上を駆け抜ける。土と緑の匂いに包まれながら森を行く。よく晴れた日だった。昨日《きのう》の夜、想像以上の大風に悩まされたのが嘘《うそ》のようだ。美しい蝶《ちょう》がひらひらと舞っていた。穏《おだ》やかな時間が流れていく。

しばらく沈黙が続いたのち、再びシノが口を開いた。

「オレはまだおじさんと呼ばれるほどの年齢ではないが、もしオレがそう呼ばれるとしたら、キバも同じように呼ばれるべきだ。なぜならオレたちは同級生だからだ……」

「めちゃくちゃ気にしてんじゃねーか！」

「ああ、実を言うと傷ついている。キバ……オレはそんなに老けているのか？」

シノが正直な気持ちを打ち明けると、キバがまたにやりと笑みを浮かべた。

「なんだなんだオイ、ガキの頃とくらべると、ずいぶんと素直になったじゃねーかよ」

こちらを見透《みす》かすようなキバのニヤニヤ笑いが無性《むしょう》に癪《しゃく》に障《さわ》る。

シノはあえてそっぽを向きながらこう答えた。

「付き合いの長いお前だから訊くんだ。それで、オレはそんなに老けて――」

「しつけーな！　まだ言うのかよ！　ああもうわかったよ。大丈夫だ！　歳相応だ！」

髪をわしゃわしゃとやりながら、キバが声を張りあげる。

「オレよりも背が高《た》けえし、いつも黙ってサングラスかけてるから大人に見えたんだろ！

つーか、あんくらいの歳の子から見たらオレらはみんなそう見えんだよ！」

「本当か？　オレは、大丈夫なのか……？」

「うるせーなあ……じゃあもうサングラス取ればいいだろ。そこそこ男前なんだからよ。

少なくとも、ナルトの野郎のマヌケ面《づら》よりかは、よっぽどイケてるから安心しろ！」

そう言《い》い放《はな》つと、キバが自信たっぷりな様子で自分を指差した。

「まあ、イケてると言ってもオレと赤丸の次くらいに、だがな」

――赤丸の次……。よくわからなくて不安だ……。

シノは、目の前で揺れる赤丸の尻尾《しっぽ》をじっと見つめた。

第八章

最後の任務

後編

「さて……いよいよだな」

「第八班最後の任務だ！　行くぜお前ら！」

気合い充分といった様子《ようす》で、キバが声を張りあげる。

シノとキバ、そして赤丸《あかまる》は、長い道のりを経《へ》て空区《そらく》の入口にたどり着いていた。

太い朱色《しゆいろ》の柱に支えられた立派な門をくぐって、街《まち》に足を踏み入れる。

直後、目の前に広がった光景に、一行は息を呑《の》んだ。先ほどまでやたらと張りきっていたキバですら、神妙な面持《おもも》ちになってしまっていた。想像以上だった。

無数の建物の群れ——とでも表現しようか、壁が剝《は》がれ落《お》ち、傾いた看板は色褪《いろあ》せ、窓ガラスも割れている店の数々が、競い合うかのようにごちゃごちゃと建ち並んでいた。

もちろんそこには誰もいない。無人の廃墟《はいきよ》が、延々と続いていた。

街の中心には背の高い建物も多く乱立しており、かつてはかなりの数の人たちがこの場所で暮らしていたことを物語っていた。空区がどうしてこうなっているのか、元いた住人たちはどこに行ってしまったのか、シノとキバはそれを知らない。

ただ、見たことすらないはずの、活気にあふれていたであろう当時の光景を、気がつけば想像してしまっていた。ここには親子がいて、兄弟がいて、友達がいて、恋人がいて、きっと木ノ葉《こ》隠《は》れ《がく》の里となにひとつとして変わらない人々の営《いとな》みがあったのだ、と。

あたりは、ひっそりとしていた。物音ひとつしない。ごくまれに、風の音が聞こえるくらいだ。壊れた窓から建物内に吹きこんだ風が音を立てるのだろう。静寂《せいじゃく》の中、どこまでもむなしく響《ひび》く風の音が、さながら廃墟群があげる悲鳴のように感じられた。

シノは、栄枯盛衰《えいこせいすい》という言葉を思い浮かべた。

だが、この有《あ》り様《さま》を、そんなありきたりなたったひと言《こと》で表してしまっていいものなのだろうか。そう躊躇《ちゅうちょ》してしまうほどに、あまりにも物悲しい光景だった。

「寂《さび》しい場所だ。本当に人など住んでいるのか……？」

シノがぽつりとつぶやくと、キバが鼻をぴくりと動かした。

「間違いなくいるぜ……。どうやら、それなりの人数がな」

キバが、「こっちだ」と先頭に立ち建物に入っていく。赤丸とシノもそれに続く。

建物内もまた、外と同じようにごちゃごちゃしていた。

ふたりと一匹は、薄暗く長い通路を慎重《しんちょう》に進んでいく。複雑に入り組んだ通路は、まるで迷路のようだ。水なのかガスなのか不明だが、壁にはパイプ類が張り巡らされていた。

見たところ、もともとこのような造《つく》りだったわけではなく、長い年月をかけて増築をくり返していった結果このような奇妙な通路が生まれたようだ。

——やはり、侵入者対策だろうか……。

色がちぐはぐになっている壁を眺めながら、そんなことを考える。

「カビくせえなぁ。おまけに辛気《しんき》くさい場所だぜ」

前を行くキバがそう口にした直後——

「辛気くさくて悪かったニャ」

壊れた換気用ダクトから、ぬるんと猫が躍《おど》り出《で》てきた。

「なっ……!?」

突如《とつじょ》として行く手に現れた猫の姿に、キバが動揺した。鼻で感知できなかったためだ。

赤丸が身構え、低いうなり声をあげる。シノは瞬時にあたりを警戒した。

「その額当《ひたいあ》て、木ノ葉の忍《しのび》ニャ？」

猫が話しかけてきた。どうやら周囲に他の猫はいないようだ。灰色がかった毛の猫で、鼻先と口もとの毛並みだけ白かった。爛々《らんらん》とした目でこちらを睨《ね》めつけてくる。

「犬くさい・虫くさい・犬そのもの。まったく、ろくでもないやつらだニャ」

シノたちをひとりひとり順に見やりながら、いきなりそんな暴言をぶつけてきた。

しかしキバは、そんなことは意に介《かい》さず、猫に向かって賞賛の言葉を贈る。

「こいつは驚いた。無臭とはな。たいした猫だぜ……！」

「忍猫《にんねこ》は毛づくろいで身体《からだ》の臭《にお》いを完全に消すのニャ。ただの猫とは違うのニャ」

「噂《うわさ》に聞いていた忍猫か……」

シノは、目の前の猫をまじまじと見つめた。

見た目は、どこにでもいるようなごくふつうの猫だ。仕草も、まるきり猫そのものだ。ただし、着物を着て、人の言葉をしゃべっていた。

空区には、猫たちの楽園というもうひとつの顔があった。廃墟となった街にはたくさんの猫たちが暮らしているという。多くはふつうの、つまりは人の言葉をしゃべらないただの猫なのだが、その中には忍猫という人語や忍術を身につけた驚異の猫たちがいた。

空区に住む闇《やみ》商人の一族に代々仕《つか》えているという忍猫こそが、この街の実質的な支配者といっても過言ではない。忍猫たちは他のふつうの猫たちと協力し、昼夜問わず街全体に監視の目を光らせているらしい。そうして、侵入者を速《すみ》やかに排除するのだ。

どうやら、天井や壁に張り巡らされたパイプの一部は、猫たちの秘密の通路になっているようだ。おそらくは建物中、いや、街中がこうなっているのだろう。どこへ行っても、猫の手から逃《のが》れることはできないように街全体が造られているのだ。

そんな忍猫たちがいるおかげで、この街の安全は保たれているというわけだ。

しかし、シノたちはあくまでも蜂蜜酒《はちみつしゅ》を探しに来ただけなのだ。悪さをしに来たと誤解されて追い払われてはたまらない。そこでシノは、できるだけ穏《おだ》やかな声で話しかけた。

「オレたちは怪《あや》しい者ではない。人を捜《さが》している。情報が欲しい」

「長いコートでフードを目深《まぶか》にかぶったサングラスの男ニャ……！　とても怪しいニャ」

「確かに……」

なぜかキバが納得した。そのことに少しだけ腹を立てて、シノは語気を強めた。

「フードやサングラスを身に着けているからといって怪しい者とは限らない。なぜならオレは怪しくない者だからだ。そして、本当に怪しい者ほど、それを隠すためにまったく怪しいと思わせないような格好《かっこう》をしているものだ……」

「落ち着けよシノ。猫相手に声を荒らげてもしょうがねェだろ」

「さっきから犬くさくてかなわないニャ。ゲロを吐きそうニャ」

「アァッ!?　おう猫てめぇコラそこに座りやがれッ!!」

「落ち着けキバ。冷静になるんだ。オレを見習うといい」

「さっさと立ち去るがいいニャ。出ていかないと八つ裂きにするニャ」

度重《たびかさ》なる忍猫の挑発に、ついにキバが動いた。

「へっ、上等じゃねーか。情報を訊《き》くのはつかまえて締《し》めあげてからでいいよな？」

鋭い瞳《ひとみ》で忍猫を睨《にら》みつけたまま、拳《こぶし》をバキバキと鳴らして、今度は肩と首を回す。

こうして軽く身体をほぐしていく。そして――

「行くぜ、赤丸！」

キバが床《ゆか》を蹴《け》った。それとほぼ同時に、赤丸も走りだしていた。

「愚《おろ》かな人間どもニャ」

そう言うと、忍猫は特に慌《あわ》てることもなく天井を見上げた。そうして、後ろ肢《あし》の片方をグググッと持ち上げると、自身の首の付け根を激しく搔《か》いた。

「あ？　なんだそりゃあ？」

そのままキバが忍猫に迫ったその瞬間――

「ギャイン！」

キバのとなりで、赤丸が甲高《かんだか》い声をあげて倒れた。

「どうした赤丸⁉　うっ、これはッ⁉」

床の上でのたうち回る赤丸に続いて、キバもその場に崩れ落ちてしまう。

「あっ、ちょっ、これ、うあ、くうっ、うひぃ、かあっ、くっ」

赤丸と同じく床の上を転げ回りながら、奇妙なうめき声を漏《も》らすキバ。無我夢中といった様子で髪の毛や服をバタバタとはたいている。

シノの眼は、忍猫の体毛から飛び出してきたある生物の姿を捉《とら》えていた。

「ほう、ノミか……。ノミを飛ばして攻撃しているのか。さすがは忍猫と名乗るだけのことはある。これは珍しい。さながら『忍法・蚤手裏剣《ノミしゆりけん》』といったところか……」

「れっ、冷静に分析ィィッ、しっ、してないでッ、早くなんとか、してくれシノォォォ」

たくさんのノミに集《たか》られて、痒《かゆ》くて痒くてしょうがないのだろう。キバの悲痛な声と、赤丸の苦しげな鳴き声が、長い通路に響きわたった。

そんなキバと赤丸を救うべく、シノはその場に片膝《かたひざ》を落とすと素早く印《いん》を結んだ。

「虫寄《むしよ》せの術！」

そう唱《とな》えて、床に手を付く。するとそこに、青いチャクラによって描かれた蜘蛛《くも》の巣のような模様が浮かびあがった。指先から、ちょうど扇形を描くようにして広がっていく。

すると、キバと赤丸に集っていたノミが、ぴょんぴょんと青いチャクラに引き寄せられて集まってきた。虫寄せの術とは、文字どおり近くにいる虫をおびき寄せることができるという油女《あぶらめ》一族の者なら誰でも使うことのできる基本的な術であった。

ちなみに、本来は昆虫採集や生態調査などに使用する術である。

「た、助かったぁ……」

よほど苦しかったのだろう、乱れた呼吸を整えながらキバが起きあがった。赤丸はまだ気持ちが悪いらしく、濡《ぬ》れたときのようにしきりに身体を振っていた。

「ノミにも勝てないとは、憐《あわ》れにもほどがある犬っころだニャ」

「ナメやがってクソ猫が……っ！」

余裕の表情を浮かべていた忍猫に飛びかかるキバ。

「つかまえたぜっ！」

キバが、がっちりと忍猫を摑《つか》んだ途端、その身体がバラバラと崩れた。

「なにっ⁉」

小石？　いや違う。あれは猫の餌《えさ》――カリカリだ。確かに今しがたまでそこにいたはずの忍猫が、いつの間《ま》にかカリカリでつくられたニセモノに変わっていたのだ。

「なるほど、『猫餌分身』か……」

「感心している場合かよっ！」

「そろそろ去るがいいニャ。猫の顔も三度までニャ。この先は爪も出していく所存ニャ」

ゆらりと、通路の奥の闇の中で忍猫の目が光った。

忍猫たちはこうして侵入者を拒《こば》み続けているのだ。街と闇商人の一族を守るために。

だが、行商人が訪れているということは、無条件で追い返されるはずはない。

シノはそう考える。しかし、どうすれば忍猫の警戒が解《と》けるのかわからない。

キバが苛立《いらだ》たしげに吼《ほ》えた。

「あくそっ、つかまえられねえ情報も聞けねえじゃどうしようもねェぞ！」

「情報が欲しければマタタビを用意するニャ。でも無理ニャ。お前たちはマタタビを持っていないニャ。ニオイでわかるんだニャ。犬くさいから早く帰ってほしいのニャ」

そうか。マタタビが通行証代わりとなっていたのか。迂闊《うかつ》だった。相手は猫なのだ。

「まずいぞキバ……。このままでは、埒《らち》が明かない。なぜならオレたちは、マタタビなどこれっぽっちも用意していないからだ……」

忍猫に聞かれないように、シノがキバの近くでそう囁《ささや》いた。

「こうなったらオレの蟲《むし》で――」

「待てシノ。ここはオレに任《まか》せてくれ」

そう言ってキバは、腰のベルトに装着していたポーチから兵糧丸《ひょうろうがん》を取り出した。

「よし猫。これをやる。取り引きをしようぜ。養蜂家《ようほうか》の居場所だ」

キバが兵糧丸を忍猫に向かって投げる。

「馬鹿にしてるニャ。これはどう見てもマタタビではないニャ。マタタビでは……」

クンクンと兵糧丸の匂《にお》いを嗅《か》いでいた忍猫が、急に静かになる。そして、兵糧丸を舐《な》めはじめた。ピンク色の舌でしきりにペロペロと舐め続ける。

「なんニャ？　なんだニャこれは？　マタタビが入っているニャ？」

そのまま、忍猫は床にへたりこんでしまう。マタタビを舐めたネコ科特有の状態だ。

「どうだ？　これで取り引き成立だろ？」

キバがニヤリと笑《え》みを浮かべる。

「どういうことだキバ？　兵糧丸にマタタビでも入れていたのか？」

「いや、ありゃあイヌハッカだ。マタタビと似た成分が入っている」

犬塚家《いぬづか》特製の兵糧丸は、主《おも》に忍犬《にんけん》に食べさせることを目的としてつくられていた。それがまさか忍猫にも効果があるとは思わなかった。やはり、キバは頼りになる男だ。

忍猫は、兵糧丸に夢中になりながらも悔《くや》しそうに声を漏らした。

「ぐぬぬニャ。こんな犬くさいやつに丸めこまれるなどプライドが許さないのニャ」

そう言って、兵糧丸をぱくりと咥《くわ》えたかと思ったら、そのまま走りだした。

「あ、オイ！　ねこばばするんじゃねえ！　このクソ猫が！」

脱兎《だっと》のごとく、むしろ脱猫か？　とにもかくにも逃げだした忍猫をキバが追いかける。

「待ちやがれコラッ！」

そんなキバの怒鳴《どな》り声《ごえ》が、あたりに響きわたる。

忍猫を追うキバの背中を、シノと赤丸も追いかける。素早い忍猫を追って、迷路のようにくねくねと曲がる通路を駆け抜けていく。

そして、曲《ま》がり角《かど》をまがった途端、シノはその場で立《た》ち尽《つ》くしていたキバの背中を眼前に捉《とら》えた。ぶつかりそうになりながらも、慌てて足を止める。

「どうしたキバ……見失ったか？」

訊《たず》ねるも、キバは振り返らない。

見ると、キバの目の前に、先ほどの忍猫を抱きかかえたひとりの女が立っていた。綺《き》麗《れい》な栗色《くりいろ》の髪に、ぱっちりとした瞳《ひとみ》の若い女だ。歳《とし》もそう変わらないだろう。

キバと女は互いに見知っているかのように見つめ合っていた。

女が、シノの様子を上から下まで見て後ずさる。

「待て。オレは決して怪しい者ではない……。ここにいるキバの仲間だ」

なにか言われる前に先手を打つ。すると、女の表情がやわらかくなった。

「そうだったんですか。いきなりだったので驚いちゃいました」

そう言って、女が微笑《ほほえ》んだ。

「放すニャ！」

忍猫が身をよじるも、女の腕から脱出できないでいた。その様子を見てシノは訊ねた。

「この猫の飼い主……ということでいいのだろうか？」

シノの質問に戸惑《とまど》いつつも、女が答えた。

「ええ。あ、あの、うちの猫がなにか……？　大きな声が聞こえてきたもので……」

「人を捜している。兵糧丸を渡したのだが、なにも言わずに持っていってしまった」

「ああ、そうでしたか。取り引きはちゃんとしろっていつも言っているんですけど」

「こんな犬くさいやつとはごめんだニャ」

ジタバタしながら忍猫が叫ぶ。

「犬くさい……？　この人が？」

女が、キバをじっと見つめた。シノもまた、キバの様子を窺《うかが》った。なぜだか先ほどから
キバは、ぽかんと口を開けたままなにも言わないのだ。

「あの、すみません。うちの猫が、失礼なことを……。あっ、私はタマキと言います。武器屋です。そしてこの子はモモ。いつも私のことを守ってくれるんです」

女――タマキが名乗る。すると突然キバが、

「モモっていうんですか。きっ、奇遇ですねえ。うちの犬も赤丸っつーんですよハハッ」

などとわけのわからないことを言いだした。

一体、今の話のどこに奇遇の要素があったのだろうかと、シノは悩んでしまう。

心なしか、赤丸が憮然《ぶぜん》とした表情になっていた。こんなふうに、いつもとは違う御主人の姿を見たら、さすがに赤丸とてこうなるのだろう。

「忍犬使いなんですか？　すごい」

目を輝かせるタマキに見つめられ、キバが挙動不審になる。そわそわと、あっちを見たりこっちを見たり、髪の毛をいじったり髭《ひげ》をなでたりしはじめる。

「いや、まあ、へへっ、それほどでも……。あっ、ほら、すごいって言ってもアレだぜ？　オレなんか次期火影《ほかげ》の内定をもらっているって程度の話だからな」

「そんなすごい方がなんでこんなところに!?」

タマキが驚愕《きょうがく》する。赤丸がうつむいて「クゥーン」と悲しげな声で鳴いた。シノはなにも言わなかった。ただ、数分前まで「クソ猫が！」などと怒声《どせい》をあげていたあのキバは、一体どこに行ってしまったのだろうとか、そのようなことを考えていた。


「――なるほど、養蜂家を捜していたんですね」

「ああ、友人の結婚祝いでな。蜂蜜酒を贈ろうと考えている」

「へえ、オシャレですね」

キバとタマキの会話を黙って見守る。なんとなく打ち解けてきたようだ。ふたりだけで会話が弾《はず》んでいる。シノは、自分と同じく会話に入れない赤丸の頭をよしよしとなでた。

どこか困っているような、なんとも言えない顔をしている赤丸が、なでられて気持ちよさそうに目を細めながらシノを見上げていた。蟲使《むしつか》いである自分が、こうして忍犬と長いこといっしょに過ごし、心通わせるようになるとは思わなかった。

ぼんやりとそんなことを考えていると、

「――じゃあ、案内しますね」

「知ってんのか？　そりゃありがてえ」

どうやら話がついたようだ。道案内をしてくれるらしい。タマキが、「この街は迷うから」と苦笑しながらキバと並んで歩いていく。無言のまま、シノと赤丸もあとに続いた。

複雑な通路を歩き回り、外に出たかと思ったらまた建物の中に入り、また外に出たかと思ったら、今度は似たような建物ばかりが集まっている細い路地を歩いていく。

「それで、その養蜂家ってのは、どんなやつなんだ？」

「んー、顔は見たことがないんですよねぇ」

「そりゃあ一体どういうことだ……？」

「会ったことはないんですけど、確かにいるというか……」

「なんだそりゃ」

そんな、和気藹々《わきあいあい》と語り合うキバとタマキの後ろ姿を眺めながら、歩き続ける。

案内はありがたい。これほどまでに複雑な街中では、さすがに現地の人に訊かなければ、いくらキバの鼻やシノの蟲があったとしても、目当ての養蜂家を見つけるには骨が折れたことだろう。実際、先ほどから出会うのは猫ばかりで、一度も人には会っていない。

崩れかかった塀《へい》の上、瓦礫《がれき》の隙間《すきま》、割れた窓ガラスの店の中、ありとあらゆるところから、猫たちの視線を感じる。一見すると、寝転がり前足なんかを舐めながら穏やかにくつろいでいるように見える猫たちだが、通りかかるシノたちを確実に視界に捉えていた。

シノは、あたりを見まわしながらふと思う。

物悲しい廃墟と、そこで日向《ひなた》ぼっこをしている猫たち。まるで、世界からある日突然人間だけが消えてしまったかのような光景だ。ここでは人間が異分子なのだ。

タマキと忍猫のモモがいなければ、今頃取り囲まれていたのではないだろうか。

件《くだん》のモモは、見るからに不機嫌《ふきげん》そうな様子でタマキのそばを歩いている。タマキが、キバと仲良さそうに話しているのが気に入らないのだろう。

身振り手振りを大袈裟《おおげさ》にしながらキバが話すと、タマキがクスクスと笑った。

シノは、いつもどおり寡黙《かもく》を貫《つらぬ》いていた。

赤丸は、容赦《ようしゃ》のない猫たちからの視線に身をすくめて歩いていた。

そんな調子で一行は、すでに街はずれまでやって来ていた。

あれほどまでにごちゃごちゃと建ち並んでいた建物もしだいに数を減らしていき、ついに一軒もなくなっていた。その代わり――というわけではないだろうが、あたりには濃い霧が立ちこめはじめていた。しだいに視界が悪くなっていく。

これはただごとではないと、シノは気を引き締める。注意深くあたりを観察する。

一方、キバとタマキ、ふたりの他愛《たわい》のない話はまだ続いていた。すぐそばにいるはずなのに、自分とこのふたりとの間にある空気はなにか違うと、シノは思った。

霧などおかまいなしといった様子で、タマキが続ける。

「あれ？　そういえば、この前木ノ葉の里でも会いませんでしたか？　私、最近木ノ葉に引っ越したんですよねぇ。でも、今でもこうして、ちょくちょく空区にも里帰りしているんですよ。そうそう、この前うちのおばあちゃんが全裸で猫の群れに――あ、ここです」

不意に、タマキが立ち止まった。

おばあちゃんは一体どうなってしまったのだろうと思いながら、シノも足を止める。

見ると、霧の中に、ぼんやりと竹藪《たけやぶ》が浮かびあがっていた。

「この竹藪に住んでいる……はずです」

丁寧に案内してくれたわりには、ずいぶんと曖昧《あいまい》な物言いだ。

「はずってどういうことなんだ？」

「ええっと、つまり、誰も会ったことがないんです」

「それなのになんで養蜂家ってわかるんだ？」

「これを見てください」

タマキが、竹藪の前に建っている一対の石碑《せきひ》を指し示した。

石碑に巻かれた朽《く》ちたしめ縄《なわ》を見て、シノが静かにつぶやく。

「道祖神《どうそじん》か……」

「はい。ここには毎日野菜などがお供《そな》えされます。ところが、次の日に来るとお供え物はなくなっていて、代わりに蜂蜜や蜂蜜酒の入った小瓶《こびん》が置かれているんです。私たちは、そうして蜂蜜を置いていく誰かのことを便宜《べんぎ》的に『養蜂家』と呼んでいるだけなんです」

「なんで誰も会いに行こうとしねえんだ……。ふつうどんなやつか気にならねえか？」

キバが呆《あき》れ顔《がお》を見せる。確かに、『ふつう』はそう思うだろう。

だが、ここは『空区』だ。

まともではないやつが住んでいる可能性は十二分にある。猫の目を恐れて大人《おとな》しくしてさえいれば、流れ者だろうと脱獄犯だろうと、誰も気にしないのではないだろうか。

「道祖神があるのを見てわかるとおり、もともとここは神聖な場所なんですよね。だから空区の住人はわざわざ竹藪の中には入らないんです。どのみちなんの用もないですし」

えへへ、とタマキが笑う。

神聖な場所に何者かが住んでいることはどうでもいいらしい。

やはり空区の住人たちは、ふつうとはやや違う独自の考え方を持っているようだ。

「でもオレたちは用があるんだよなあ……。ここで何日もお供え物が蜂蜜酒に変わるのをぼんやりと待っているわけにもいかねーしな」

「どうせお前らには見つけられないニャ。猫ですら迷う竹藪ニャ」

モモが意地の悪い顔をして笑った。ようやく口を開いたかと思ったらこれだ。

だが、キバは動じない。

「オレたちは忍だ。迷わねーよ」

モモに向かってそう言うと、キバは霧に包まれた竹藪に足を踏み入れた。

タマキとモモに別れを告げ、一行は霧深い竹藪の中を歩いていた。

振り返ると、すでに入口は見えなくなっていた。なるほど、これは迷う。これでは空区の住人たち、タマキやモモが入りたがらないのも当然だ。

そしてどのみち、顔も知らない相手を捜すとなると、ここから先はシノやキバのような感知能力の高い忍でもなければ不可能だ。忍でないタマキの来る場所ではない。

もっとも、それを言ってしまうと、ここは忍ですら踏みこんではいけない場所なのかもしれない。道祖神は、人の住む世界と神の住む世界――その境界を分ける役目を持っているという。さながらここは、人の世界とは隔絶《かくぜつ》された神の世界ということだ。

ろくに前も見えないほどに立ちこめている霧が、よりいっそうそんな気にさせる。

「よっと……ひとまずこれでいいだろ」

キバが、近くにあった竹にクナイを投げた。

まだ入口からそう遠くないこの場所に、目印をつけておくためだ。

しばらく進んだら、またそこに目印をつけるつもりだ。この先、等間隔にそれをくり返していけばいい。これで、帰るときにも迷わずに済むというわけだ。

「まずはオレの鼻で捜すからよ、見つけたらお前の蟲を飛ばして……ぶぇくしっ!!」

キバが盛大にくしゃみをした。

「へっ、あの娘がウワサしてるのかもしれねーな……」

そして、ずずっと鼻を啜《すす》りながらそんなことを言う。

「……惚《ほ》れたのか?」

シノがぽつりと口にした。すると――

「はぁ⁉　バッカおめぇ違《ち》げーよ！　べつにそんなんじゃねーし！」

キバがえらく焦《あせ》りだした。いつもよりも必要以上に声を大にして否定する。

「オレは……お邪魔虫だったか……？」

「だから違げーって言ってるだろうがっ！」

「まもなくヒナタは結婚する……。キバ、これでお前まで結婚したらオレはいよいよひとりきりになってしまう。そのときは赤丸を置いていけ。なぜなら、言葉は通じなくとも、赤丸はオレの唯一《ゆいいつ》の理解者だからだ……」

「は？　意味わかんねー！　なんでそうなるんだよ！」

キバが吼《ほ》えると、キバを見上げて赤丸も吠《ほ》えた。

「ワン！」

「ばっ、赤丸⁉　お前までなんてことを言いやがる！　それに髭は関係ねぇだろ！」

ひと声吠えただけなのに、なにやらそれなりのやりとりがあったらしい。キバが、耳まで真っ赤にして怒鳴り散らした。怒《いか》りか恥ずかしさか、両方だなこれは。

シノが黙って納得していると、キバはひどく乱暴な口調で言《い》い放《はな》った。

「ああもうっ、ごちゃごちゃ言ってねーでいくぞオラ！」

そのまま背を向けてずんずんと歩いていってしまう。

「ったくよぉ……竹のニオイが強くて捜しづれェなあ！」

先ほどから、キバがずいぶんとぶっきらぼうになっている。

だがシノは、こんなキバのわかりやすいところを気に入っていた。もちろん、気に入っていたといっても、それは『今となっては』という話だ。

初めて会った時は、自分とまるで真逆な性格ゆえにイライラすることのほうが多かった。忍者学校《アカデミー》の休み時間、シノがいつも机の上で蟲たちを散歩させていたのに対して、キバは級友たちと大声をあげながら廊下や校庭を走り回っていたし、授業中は授業中で、黙って先生の話を聞いているシノに対して、キバは寝ているか騒ぐかのどちらかだった。

つまりは、キバはナルトに次ぐ……どころか、自分が一番目立っていないと気が済まない性格だからだろう――ナルトと競い合うようにしていたずらをしたり騒ぎを起こしたりしていた問題児だったのだ。こいつとだけは同じ班になりたくないと思ったものだ。

しかし、今シノは、そんな元問題児とともに任務をこなしている。いつの間にか、こうしてふたりでいっしょにいるのが当たり前になっている。人生とはわからないものだ。

なぜだか昔のことを思い出しながら、歩《ほ》を進めていく。

視界は、相変わらず悪かった。似たような景色が続いていた。乱立する竹の間を、濃い霧が漂っている。絵に描いたような風景だなとシノは思った。

「ちょっと待て。おかしいぞ……」

いきなり、キバが低い声でつぶやいた。

「竹のニオイじゃねえ……なんだこの微《かす》かな甘い香《かお》りは……？」

鼻をぴくりとさせて、キバがあたりを見まわした。もちろん、シノにはキバの言う甘い香りとやらを感じ取ることはできない。それくらい微かなものなのだろう。

が、目の前の異変には、すぐに気づいた。

「キバ……あれを見てみろ……」

シノが指し示した先――そこには、クナイの刺さった竹があった。

入口付近で、目印にとキバが投げたクナイだ。それからしばらくの間、前へと進み続けていたはずだ。それが目の前にあるはずがない。

「幻術か……？」

違和感を覚えながら、シノはとっさに身体の中の蟲たちをざわつかせた。体内のチャクラをわざと乱して、幻術を解除しようとしたのだ。しかし、まったくなにも変わらない。

本来ならば遥《はる》か後方にあるはずのクナイは依然《いぜん》としてそこにあった。

「くそっ、解除できねえ……なんだこりゃあ？」

声をひそめながら、キバが鋭い視線をあたりに向ける。

「『狐狸心中《こりしんちゅう》の術』ってやつかシノ？」

「『魔幻《まげん》・此処非《ココニアラズ》の術』にも似ているが……どちらも違うな……」

木ノ葉屈指の幻術使いである紅《くれない》のもとで学んできたふたりだ。正直、他の忍たちよりも幻術の知識には自信があった。無論、対処方法もしっかりと叩《たた》きこまれている。しかし、それでもこんな術は聞いたことがない。そもそも、これがただの幻術ならば、とっくに解除できているはずだ。ということは、幻術に似た別のなにか……なのだろうか？

「しゃあねーな。とりあえずオレと赤丸の牙転牙《がてんが》で直進してみるか？」

キバが、もっともシンプルな答えを導き出した。竹を避けながら道なりに進むのではなく、それを無視して一直線に進んでみるというのだ。シノは無言のまま頷《うなず》いてみせた。

「よしっ、それじゃあ行くぜ赤丸！　……赤丸？」

キバが、きょろきょろと周囲を見まわした。シノもあたりを確認する。ふたりして、霧の中に目を凝《こ》らしていく。しかしいくら捜しても、先ほどまで確かにそこにいたはずの赤丸がいないのだ。赤丸が、鳴き声ひとつあげることなく跡形もなく消えてしまっていた。

「嘘《うそ》だろ……赤丸！　おいっ、赤丸！　なんでだよ!?　赤丸のニオイが消えてる！」

突然のことに、キバが取り乱した。そして、濃霧の中に飛びこんでいく。

「どこだ赤丸⁉　返事しろ！　赤丸！」

「待てキバ！　落ち着け！」

シノは慌ててキバの後を追う。赤丸を呼びながら走るキバの背中が、深い霧に包まれていく。近くにいるはずなのに、霧のせいで距離がうまくつかめない。走っても走っても、キバに追いつくことができない。すぐに、キバの姿が見えなくなってしまう。

「シノ……ニオイが強くなってるぜ。今ならお前にもわかるはずだ。こいつは、そうか、蜂蜜のニオイだ……。この甘い香り……間違いねえ……！」

霧の中から声がした。同時に、キバの気配が消えた。

「キバ……！」

刹那《せつな》――シノの周囲に、無数の寄壊蟲《きかいちゅう》が姿を現した。

シノが両腕を振るうと、寄壊蟲はシノを中心として素早く前後左右に散っていく。さらには上空にまで舞い上がり、あたり一帯は、さながら黒い霧に包まれたようになった。

しかし一斉《いっせい》に飛び立った蟲たちは、シノの思ったとおりには動いてくれなかった。なにも見つけられずに、すぐに引き返してきたのだ。

「馬鹿な……」

二度、三度と蟲を放《はな》つが、そのすべてが同じ反応を示した。周辺に生《は》えている竹の間を行ったり来たりしながら、なにも見つけられずに帰ってきてしまう。

所在なげにふらふらと周囲を飛び回る蟲たちの様子に、シノは冷や汗を流していた。チャクラに反応するはずの寄壊蟲が、なににも反応しないということは、つい先ほどまでそこにいたはずのキバの存在そのものが、きれいさっぱり消えているということを意味していた。ただ霧が深くて見失っただけではないということだ。

――ありえない……。

シノは必死に思考を巡らせた。消えてしまう前に、キバが最後に言った言葉を思い出す。甘い香りが強くなっている、蜂蜜の匂いがすると言っていた。そして、それはシノにもわかるくらいに強い匂いだとも言った。だが、いくら感覚を研《と》ぎ澄《す》ませても、シノには蜂蜜の甘い香りなんて微塵《みじん》も感じられないのだ。

しかしながら、そうやって己《おのれ》の感覚を研ぎ澄ませて集中していたことが功を奏すことになる。シノは、なにも見つけることができずに戻ってきてしまった蟲たちの羽音の中に、いつもとは違う別の羽音が混じっていることに気づいたのだ。

はっと見上げると、霧の中から複数の影が飛び出してきた。寄壊蟲とはくらべものにならないくらい大きな体。黄色と黒の警告色。スズメバチだ。

スズメバチが、一直線にシノ目がけて飛んでくる。

シノは、とっさに近くにいた蟲を駆使して飛来するスズメバチを薙《な》ぎ払《はら》った。黒き刃《やいば》と化した寄壊蟲が、霧の中を縦横無尽《じゅうおうむじん》に飛び回る。すると、不意にスズメバチの体がどろりと溶けた。そして、攻撃を仕掛けた蟲を次々と包みこんでいった。

「なにっ!?　この技は……！」

蟲たちを巻きこんだまま、粘性の強い液体がぼとぼととシノの周囲に降りそそいだ。

——蜂蜜……か？

キバの言っていた甘い香りが霧に混じる。

ここに来てようやく、シノの鼻でも蜂蜜の匂いを感じ取ることができるようになっていた。しかもそれが、しだいに強くなってきている。

再び、霧の中からスズメバチが飛び出してきた。シノもまた、蟲を操《あやつ》って迎え撃つ。

——竹が邪魔だ……。

それは、時間にすればコンマ数秒という僅《わず》かなものであった。

乱立する竹と竹の間を器用に飛び回り、竹を盾《たて》にするように動いたスズメバチを攻撃しようとシノの注意が一瞬そちらに向いてしまったまさにそのとき——

シノの足下《あしもと》に散らばった蜂蜜が、再び獰猛《どうもう》なスズメバチへと姿を変えていた。

しまった……！　と思ったときには、スズメバチはすでにシノの懐《ふところ》に飛びこんでいた。

シノの白い首筋に、その毒針が容赦なく叩きこまれる。シノの身体が、ぐらりと揺れた。

ただのハチ毒ではない。対忍用に調合された毒であった。

スズメバチの操り方といい、その毒性をここまで強めて育てあげていることといい、これはずいぶんと腕のいい蟲使いだ。ハチ使いのことを養蜂家とは、よく言ったものだ。

姿の見えぬ敵の正体を確信するのと同時に、シノはその場に倒れ伏した。


しばらくして、霧の中から音もなく敵が姿を現した。

一歩一歩、倒れ伏したシノに向かって近づいてくる。

異様な姿であった。

顔は、ハチの顔を模した暗部面《あんぶめん》で隠れていて見えない。だが、見えないのは顔だけではなかった。面以外の全身ほぼすべてを、群がる無数のミツバチが覆っていたのだ。

いや、むしろ人の形をしたミツバチの群れと言ったほうがわかりやすいか。

これこそが、誰もその顔を見たことがないという空区に住まう養蜂家の姿であった。

全身に蜂をまとった養蜂家が、ゆっくりと歩いてきた。

「木ノ葉の、油女一族だな……」

倒れたシノを見下ろして、つぶやく。静かだが、張りのある声だった。少年のようにも聞こえるが、線の細い青年のような声にも聞こえる。落ち着いた女の声と言われればそのような気もしてくる。そんな中性的で不思議な声だった。

「そのとおりだ」

シノは、そんな中性的な声に背後から答えた。倒れ伏していたはずのシノが、ぼろぼろと崩れていく。それは何千、何万もの蟲によって精巧に形づくられた蟲分身《むしぶんしん》であった。

「この私を欺《あざむ》くとは……たいしたやつだ……」

特に感情のこもっていない声とともに、養蜂家が周囲を見まわした。分身を解いた蟲も加わり、すでに養蜂家はシノの操る寄壊蟲によって完全に包囲されていた。

主人の危機を察してか、全身を覆ったミツバチが、せわしなく動き回る。

「だが、なぜだ……確かに毒は……」

食らわせたはず――そう言いたいのだろう。

事実、確かにシノは毒を食らっていた。というのも、確実に毒を食らっていなければ、この手の敵は絶対に姿を見せないものだと理解していたからだ。だからシノは、あえて敵の毒をその身に受けた。シノにはそれができるだけの確固たる自信と覚悟があった。

「毒は食らった。だが問題ない。なぜなら、この程度の毒ではオレは死なないからだ」

シノは力強くそう口にした。

体内にいる蟲たちのおかげで、ある程度の毒ならば中和できた。

特にシノは、同じ一族で今は亡《な》き油女トルネが使用していた燐壊虫《りんかいちゅう》という極小《ごくしょう》の毒蟲を研究し、自身の蟲に毒に対する耐性を身につけさせていた。

これによりシノは、強力な毒をも瞬時に中和させることを可能にしていた。幼い頃から兄弟同然に育ってきたトルネの、遺産とも言える蟲がシノを救ったのだった。

「まいったな……私の負けだ」

すでに勝負がついていることを悟《さと》ったのか、抵抗することなく養蜂家が負けを認めた。

「目当ては私の命か……。ここまで腕のいい蟲使いに倒されるのであれば本望だ……」

「いや、オレの目当ては……蜂蜜酒だ……」

緊迫した空気の中、シノがそうつぶやいた。

「二本……もらいたい……」

キバがいないからか、ただひたすらに静かだった。

「うちに、来るか……?」

ハチの顔をした暗部の面が振り返った。

かつて岩隠《いわがく》れの忍であったという養蜂家は、追っ手を恐れながらこの場所で静かに暮らしているという。つまりシノは、追っ手と間違えられて襲われたというわけだ。

「キバと赤丸……犬大好き人間とその愛犬がいたと思うんだが、どうした……?」

「安心しろ。無事だ。まだ霧の中を彷徨《さまよ》っている……」

そんな会話とともに養蜂家の家へと向かう。

「なぜ先にオレを狙《ねら》った……?」

「蟲使いを先に叩いておかなければ厄介《やっかい》だからだ……」

「そうか……」

静かなやりとりを重《かさ》ねていく。だいぶ会話が弾《はず》んでいるなとシノは思った。

シノは、岩隠れの里にいたという蟲使いの一族のことを知っていた。今では滅びかけているハチ使いの一族だ。この養蜂家は、その一族の末裔《まつえい》なのだろう。

「ここだ……」

養蜂家が立ち止まると、深い霧の中に一軒の小さな家が姿を現した。茅葺《かやぶ》きの簡素な一軒家である。庭先には、ハチの飼育箱だろう――竹を編んでつくられた籠《かご》が並んでいた。

霧に覆われた竹林の間にひっそりと佇《たたず》んでいる茅葺きの家。

まるで、物語に出てくる忍の隠れ家のような雰囲気だ。いや、実際に本物の抜《ぬ》け忍《にん》が隠れ住んでいるのだ。まさにそのものズバリというわけだ。

シノが家を眺めていると、養蜂家が蜂蜜酒を持ってきてくれた。受け取ると、琥珀色《こはくいろ》に輝く美しい液体が、瓶の中で静かに揺れた。

「すまない。いくらだ……？」

「お金はいらない。持っていても意味がないから……」

養蜂家が静かに答えた。この場所でずっとひとりで暮らしているのだ。お金とは無縁の自給自足の生活を送っているということか。シノはまた「そうか……」と短く返した。

「ついでに、帰り道を教えてくれるとありがたい。霧が深いからな……」

蜂蜜酒を持ってきた背嚢《はいのう》に詰めて、なにとはなしにシノは訊ねる。すると――

「ないよ」

さらりと、そんな答えが返ってきた。

「どういうことだ？」

「帰り道はないと……そのままの意味だ……」

養蜂家は、近くの岩に腰掛けると、面の奥の瞳でじっとシノを見つめてきた。

「この竹林は結界《けっかい》のようなもので覆われている。一度足を踏み入れたら出られない……。見わたす限りの霧の中で、どこまでも迷い続ける。これは、そういう術なんだ……」

「術を解くわけにはいかないのか……？」

シノが訊ねる。

「残念だが、術は解けない。これは、私が私自身にかけた術だからだ……」

あまり残念ではなさそうな口ぶりだった。先ほどから、養蜂家の声にはあまり感情というものが感じられない。落ち着いているといえば聞こえはいいが、どこか平坦なのだ。

「仮に、今この場で私を殺しても解けないだろう……」

中空に視線を移した養蜂家が、そうつぶやく。

「この霧には、もともと人を惑《まど》わす特殊な成分が含まれていた……。私はそれをほんの少し利用して術式に組みこんだだけなんだ……」

シノもまた、たゆたう霧を見つめていた。この霧にそんな成分が……。そんなことが、果たして本当にありえるのだろうか。だがしかし、ありえないとは言いきれない。

養蜂家に、敵意は感じられなかった。その全身を覆っているミツバチにも敵意はない。とても嘘をついているようには思えなかった。

そしてシノは、父・シビから不可解な話を聞かされていたことを思い出す。

雲隠《くもがく》れの里には、不思議な滝があるという。激しい水飛沫《みずしぶき》をあげながら流れ落ちる大きな滝だ。その滝と向かい合うと、自分の本当の姿、真実の姿が映し出されるのだという。にわかには信じがたい話だが、世の中にはそんな滝も存在しているのだ。ならば人を惑わす霧があってもおかしくはない。幻術ではないなにかも、この霧のせいということか。

シノは、家の周辺を歩き回ってみる。

どこまでも続く霧。どこまでも続く竹、竹、竹……。

変《か》わり映《ば》えのしない風景が延々と続いていた。

蟲を飛ばしながら、試しに真《ま》っ直《す》ぐ歩いてみても、しばらくすると目の前に養蜂家の家が現れた。そのままそこを通り過ぎて、今度はより慎重に歩き続けても、また岩に腰掛けたままぼんやりとしている養蜂家のもとにたどり着く。

――霧の成分のせいで、蟲すら迷っているということか。

蟲が役に立たない。出口がない。キバと赤丸にも会えない。八方塞《はっぽうふさ》がりだ。

それでもシノが、周囲の様子を探っていると、養蜂家が口を開いた。

「私は人生という名の道に迷ってここにいる……。だが、ここでの生活も悪くはない。むしろ私は、こういう生活を望んでいた。ここには今しかない。過去も未来もなく、ただ今だけがある。私は今を生きている。それだけで充分だとは思わないか……？」

養蜂家が、静かに、ゆっくり、淡々と、思いを口にしていく。

「ずっと逃げてきた。戦うことからも、忍の道からも。もともと性《しょう》に合わないと思っていたんだ。だが、私は蟲使いの一族の家系に生まれ育った。忍として生きていくより他に、道はなかった……。だから、すべてを捨ててここに逃げこんだ。はじめからそれしか道がないのであれば、ずっと迷い続けて前に進まなければいいだけの話だ……」

ぽつりぽつりと紡《つむ》がれる言葉が、真っ白な霧の中に溶けていく。

シノは、黙って話を聞いていた。

「人はみな迷う。私だけではない。忍でも商人でも、男でも女でも誰にでも、そしてもちろん君にも、迷いは必ずある。だから今、君はこうして霧の中で迷っているんだ」

養蜂家にそう指摘される。

「オレが……迷っている……？」

いつの間にか、喉《のど》がカラカラに渇いていた。シノはごくりと固唾《かたず》を呑《の》んだ。そして、なぜだろうか、気がつくとシノは、ヒナタと紅の顔を思い浮かべていた。

ヒナタとともに修業をしたことを思い出す。

紅のもとで任務をこなした日々を思い出す。

ヒナタは、やっとできた仲間だった。紅は、物静かな自分をよく理解してくれた。

だが――

ヒナタはまもなく結婚する。今も結婚式の準備で忙しい。

紅は子育てに忙しい。今では一線を退《しりぞ》いてしまっている。

ふたりとも、すでにそれぞれの道を歩んでいた。

シノは、そんなふたりの後ろ姿を黙って見つめていた。

もう二度とあの頃のように第八班がそろうことはないのだろう。永遠に。

冷静を装《よそお》うが、シノの呼吸は着実に荒くなっていた。霧が、肺の中に満ちていく。

――これが、オレの迷いだというのか……？

ヒナタも紅も、みなが前に向かって進んでいく中、ただひとり自分だけがその場に取り残されてしまっているかのような感覚に陥《おちい》る。どこにもたどり着けず、どこにも落ち着けず、たゆたう霧のように、自分だけが前に進めていない。そんな気持ちになってくる。

これは、霧によるまやかしなのだろうか……？　いや違う。ずっとずっと考えていたことだ。ここに来てからも、ここに来る前からも、自分はずっと、迷っていた……。

そして、思っていたのだ。心のどこか片隅で。自分でも気がつかないうちに。

あの頃に戻りたい、と。

もう一度、みんなとの、第八班としての日々を送りたい、と。

「自分の迷いに……気づいたようだな……」

養蜂家が、シノを見つめていた。シノはその場に呆然《ぼうぜん》と立ち尽くしていた。もう一歩も前に進めそうになかった。いくら前に向かって進んだとしても、どうせ出口にはたどり着けないのだから。もはや霧のせいで、前すら見えなくなっているのだから。

「前に進む必要などない。すべてを捨てて、ここでずっと迷っていればいい……」

養蜂家のやさしい言葉が、霧とともに身体の奥底にまで染みこんでくる。

ああ、それもいいかもしれないと、シノは考える。

これ以上先に進めないのだとしたら、これ以上先に進んでも自分の居場所がないのだとしたら、ここでただ、変わらぬ今を過ごしたい。そのほうがきっと幸せなのかもしれない。

養蜂家が、手を差し伸べてくる。ミツバチが、ざあっと動いて真っ白い手が現れた。

「君さえ良ければ、私といっしょに――」

シノは、差し伸べられた手をじっと眺めていた。

すると不意に――


第八班最後の任務だ！　行くぜお前ら！

そんなキバの言葉を思い出した。キバの気合いの入った声が脳内で響きわたる。

――そうだ、これは……第八班最後の任務だ……！

その瞬間、不明瞭だった視界が、突然ぱっと開けたような気がした。ぼんやりとしていた頭が一気に冴《さ》えわたってくる。心なしか、あたりの霧が薄くなってきた。

「オレは、こんなところで立ち止まっているわけにはいかない。急いで里に帰らなければならない。なぜなら、大切な友の結婚式に出席しなければならないからだ……！」

サングラスの奥の瞳で、しっかりと前を見すえる。

すると、シノは自分のすぐ近くの竹にクナイが刺さっていることに気がついた。

入口付近で、目印にとキバが投げたクナイで間違いない。今の今まで近くにあったことにすら気づかなかったのだ。そして、これがここにあるということは――

なにげなく振り返ると、道の先に竹藪の入口が見えた。遠目ながら、ちゃんと一対の道祖神の姿も確認できる。間違いなくシノたちが入ってきた場所だ。

「入口……いや、出口だ……」

それもすぐ目の前に、と指し示す。

「……？　私には、なにも見えないよ……深い霧だけしか……」

養蜂家が、軽く小首を傾《かし》げた。声の様子から、どうも本当に見えていないらしい。

ここにきて、シノはようやく理解した。実に単純な話だ。

人を惑わす霧。その霧を使った術。人はこの霧の中で道に迷う。ここには過去も未来もない。だからこの霧には永遠の今しかない。そういう話だった。

だが、それはつまり、過去から逃げて未来を捨てているということ。

養蜂家の言っていたように、忍としての訓練を積もうが、どれだけ年齢を重ねようが、生きている限り誰にでも迷いは生じるものだ。しかしそれでも、なにがあろうと諦《あきら》めずに未来を信じて進む者の前では、この霧はなんの意味もなさないのだ。

しっかりと、着実に、希望を胸に一歩一歩自分を信じて前に進むことさえできれば、たとえ深い霧に囚《とら》われ迷いそうになったとしても、やがて霧から抜け出せるということだ。

シノは、やれやれと苦笑した。霧がどこか人生に似ているように思えたからだ。

「君には道祖神の先に道が見えたのか……。そうか……」

養蜂家が、うつむいた。そうして、静かにつぶやいた。

「早く行くといい。また道を見失わないうちに……」

相変わらず平坦な口調で、感情は伝わってこない。だが、ぽつんとひとり岩に腰掛けているその姿がどこか寂しそうに見えてしまうのは、ただの思いこみだろうか。

いや、違う。

あたりを包みこむ霧も、どこまでも続く竹林も、人を寄せ付けない小さな家も、身にまとったミツバチの群れも、顔を隠す暗部の面も、そのすべてが、養蜂家にとっての結界であるということをシノは理解していた。

なぜならシノ自身も、長いコートやフードを好んで身に着けるから。

これは身を守るための盾《たて》なのだ。肉体的にというよりは、精神的に。

シノにはその気持ちが痛いほどよくわかる。

だから、正直そこに土足で踏みこんでしまっていいものなのかどうか迷う。

こんなことでさえ、人は迷うものなのだ。だが――

未《いま》だ深い霧の中にいる養蜂家を、このまま放っておくのは忍びなかった。同じ蟲使いの一族に生まれた忍として、思いこみだろうが余計なお世話だろうが、今このままなにも言わずに背を向けてしまったら必ず後悔すると、シノは思った。

そして、こんなときどうすればいいのか、シノはすでにその答えを知っていた。

こういうときは、やらずに後悔するよりも、やってみて考えるべきだ。なぜなら――

「お前は今を生きていると言った。だが、オレはそれは違うのではないかと思う」

――ナルトならこうするからだ。

「すべてから逃げている者に、果たして今があるのだろうか。過去ばかりを引きずり、未来を見ないようにしている者は、本当に今を生きているのだろうか。やがて過去となるはずの今を永遠にしてしまう者に、未来が見えるはずがないと、オレはそう思う……」

そう言って、シノは蜂蜜酒の入った背嚢を背負い直した。これほどまでに、口下手《くちべた》な自分を恨《うら》めしいと思ったことはなかった。霧の中で迷いながら、ただただ無為《むい》な日々を過ごすのではなく、本当の意味で今を生きてほしいと伝えたかった。

未来への確固たる意志を持って前を見つめさえすれば、ただそれだけで霧は晴れるのだと伝えたかった。だが、うまく伝えられたかどうか定《さだ》かではない。

うまくはいかないものだと、シノは背を向けて歩きだした。

すると――

「驚いた……」

それまで黙ってシノの話を聞いていた養蜂家が、口を開いた。

「意外だったよ。物静かな男だとばかり思っていたが、言葉や表情に出さないだけで、ずいぶんと熱い内面を持っているようだな……。熱血教師に説教された気分だ……」

静かにそうつぶやく。

口調はこれまでどおり平坦で、面を着けているため表情もわからない。

しかし、それでもきっと、苦笑していた。

「教師か……考えたこともなかったが、相方が元問題児だからな……。オレの同期には問題児が多い。極度のめんどくさがり、食い意地が張っている、いたずら小僧……。まともなのはオレくらいだろう。それでも、みな今では立派な大人になっている。逃げずに懸命に今を生きた者たちだからこそ、そういう未来にたどり着いたんだ……」

仲間たちの顔を思い浮かべながら、シノは答えた。

そして背嚢を指し示すようにしながら、

「世話になった。オレは行く」

蜂蜜酒のお礼も兼ねて、そう言った。

「犬の子はどうする……？　君と違って出られないかもしれないぞ……？」

背後から聞こえてきたその問いには、もはや振り返るまでもなかった。

「あいつはオレよりも真っ直ぐだ。道には迷わない」

確信を込めた言葉とともに、シノは出口に向かって歩いていった。


霧を抜けると、青空が広がっていた。シノはコートのポケットに手を入れると、道祖神の前でじっと待った。足下で行列をつくっていたアリを眺めて時間を潰《つぶ》す。

しばらくすると、竹藪の中から声が聞こえてきた。

「ひゃっほ〜、ようやく出口だぜ赤丸！」

すぐあとから「ワンワン!!」と、聞き慣れた鳴き声も聞こえてくる。

泥だらけになって竹藪から飛び出してきたキバに、シノは声をかける。

「遅かったな……キバ」

「うおっ」

ぬっと真横に立ったシノを見て、キバが仰《の》け反《ぞ》った。

「ニオイでわかっちゃいるけどよ、お前もっとふつうに出てこられねーのか！」

心臓に悪いんだよ、と文句を言いながら、キバは顔の泥を手ぬぐいで拭《ぬぐ》った。

「だいぶ苦労したようだな……」

「してねーよ！　余裕だァ！」

キバが強がる。わかりやすい男だ。

これは相当迷いに迷ったのだろう。シノがそうだったように、なんらかの悩みや未来への不安を幻術のように体験したのかもしれない。だが、キバはこうしてここにいる。

一体なにに迷い、どんな未来を夢見て進んできたのか……。

少しだけ気になったので、訊ねてみることにする。

「あの女に、告白でもするのか……？」

鎌《かま》をかけてみると、キバの顔が真っ赤になった。

「はあっ？　なんでだよっ!?　なんで急にお前までタマキの話になンだよ!?」

「ほう……『お前まで』か……」

つくづくわかりやすい男だ。だが、そこがキバのいいところだ。

「だから違げーって言ってんだろ！　あのなシノ、わかってねぇなあ……。そんなだから
おめぇはモテねーんだよ。いいか、男ってのはなァ、ガツガツしてるとダメなんだよ」

努めて冷静を装っているのだろうが、その顔はまだ真っ赤だ。

「では、男はどうすればいい……？」

「えーっと……まずアレだ。あの……アレだよほら」

しどろもどろになりながら、冷や汗ダラダラの状態でキバが続けた。

「あーっと、そう文通！　文通あたりからはじめるのがいいらしいぜ？」

「『らしい』……？」

「いや、文通だぜ！　文通からはじめるのがモテる男ってもんだァ！　な、赤丸？」

苦しくなってきたのか、赤丸に助けを求めるキバ。赤丸が目をそらした。

「それよりもだ、さっさと蜂蜜酒を探さねーとまずいぜ。日が暮れちまう！」

「それはすでに手に入れた。帰るとしよう……」

「嘘だろっ⁉　オレなんもしてねーじゃねェか！」

驚愕するキバを尻目《しりめ》に、シノは歩きだした。赤丸は、その場で固まってしまったキバを
見上げる。そして「ワン！」と吠えながらスタスタと歩きだした。

「ちょっ、ちょっと待てよ！　ったく、なんでナルトといいお前といい、いつもおいしいところばかり持っていきやがるんだ！　オレだって霧の中で活躍してたんだからな！」

キバが恨《うら》み言《ごと》を言いながら追ってくる。

霧の中でキバになにがあったのかは、赤丸だけが知っているということか。赤丸もなかなかに無口なので、キバの活躍をあれこれと言いふらしてはくれないだろう。

そんなことを考えながら歩いていると、

「おいシノ、見てみろよ！」

キバが声をあげた。何事かと振り返ると――

竹林の霧が、晴れていた。

それほど広くはない、ごくふつうの竹林だった。

「なんだよなんだよ今頃晴れてよぉ、くっそ……オレがどれほど迷ったか……」

やはり相当迷っていたのか、余裕だと強がったことも忘れてキバがぼやいていた。

しかしキバは、この霧の本当の意味を知らない。

この霧がこうして完全に晴れているということは――

「そうか……晴れたか……」

シノが思わずつぶやくと、そんなシノの顔を見て、キバが目を丸くした。

「シノ……お、お前、珍しいな……。お前がそんなに笑うなんてよ……」

「ん？　どうしたキバ？」

「あ、あれ？　見間違いか……？　おっかしーなァ……」

竹林と、目をぱちくりさせているキバに背を向けるとシノは再び歩きだした。

「急がねばならない。なぜなら、紅先生が待ちわびているからだ」

清々《すがすが》しい気分だった。空は晴れわたり、霧も晴れていた。

小走りで追いついて、シノのとなりに並んだキバが、目を細めながら太陽を見上げた。

時間を把握するために、陽《ひ》の傾き具合を見ているのだ。

「あーあ、ったく、誰よりも早く結婚祝いを見つけてやろうと思ってたのによぉ」

「まったくだ。だいぶ時間がかかってしまったな……」

「けどよ、オレたちの結婚祝いが一番だぜ！」

「当たり前だ。オレとキバ、そして赤丸、みなで力を合わせて手に入れたものだからな」

しばらくすると、しだいに廃墟の建物が増えてきた。行きと違って、あれほどまでに多くいた猫たちの姿はなかった。やはり猫たちは、こちらを監視していたのだ。今はもう、シノたちに害はないということを悟ったのか、姿を見せることすらしない。

あるいは、タマキやモモとともに歩いていたことで、認められたのだろうか。

なんだかこの廃墟の街そのものに認められたような、そんな気分になる。

路地が入り組んできたところで、シノは指先から一匹の羽虫《はむし》を飛ばした。

念のため、複雑な行程を覚えさせておいた個体だ。それを見て、キバが口笛を吹いた。

「気が利《き》くねえ。ありがてぇぜ」

「ついていけば出口にたどり着ける」

迷うことなく飛んでいく羽虫を追いながら、シノはつぶやいた。

「これで第八班最後の任務……完了だ……！」

なんとなく、自分の口で言っておきたかったのだ。誰でもない、自分自身に言い聞かせるために。しかしそうなると、自称第八班の頼れるリーダーことキバが黙っていない。

「なんでおめぇが仕切るんだよっ！　それになあ、里に帰るまでが任務だろうが！」

「もっともだ」

素直に首肯《しゅこう》して、これから先のことに思いを巡らせる。

「里に帰って、ナルトとヒナタ――ふたりの未来を見届けるとしよう……」

「お？　なんだ？　今日は、やけに詩人だな」

「そうか？」

そんなやりとりをしながら、足早に進んでいく。

シノは、初めてキバと同じ班になった日のことを再び思い出していた。

「お前とはうまくやっていけそうにない。なぜならオレたちは――」

そんなことを言っていた。「なぜなら」のあとはほとんど言わせてもらえなかった。

あの頃は、未来に不安しかなかった。毎日憂鬱《ゆううつ》な日々を過ごしていた。

だが、どうだろう。

シノのとなりには今、最高に頼れる相棒がいる。

心を開いて語り合える親友がいる。

あの頃の自分に、もしもこのことを知らせることができたとしたら、幼い自分は一体どんな顔をするだろうか。なかなか悪くない未来だと思うだろうか。

しかし、これだけはハッキリしている。

――なかなか悪くない『今』だ。

たとえこの先、違う道を歩んだとしても、思い出は消えない。

その思い出の先、悪くない今の先にある未来ならば、恐れることはなにもない。

なぜなら――

シノは、ふと思い出したようにキバに問いかけてみた。

「それでキバ……内定が出ていると言っていたが、火影の就任式はいつになるんだ？」

「う、うるせぇなあ！　なれるようにがんばんだよォ！」

この絆《きずな》——仲間とのつながりは、一生のものだから。

終章

祝言《しゅうげん》日和《びより》

よく晴れた日だった。

里の中心、歴代火影《ほかげ》の顔岩《かおいわ》に見守られたその場所には、多くの人が集まっていた。みな、正装をして、いつもよりも大人《おとな》の装《よそお》いになっている。

会場の設営から警備まで、ありとあらゆることに気を遣《つか》いながら、カカシは忙しそうに動き回っていた。なにせこの場所には、風影《かぜかげ》である我愛羅《ガアラ》をはじめとする各里の影たち、他にも雲隠《くもがく》れの里のキラービーなど、そうそうたる面々が集まってきていたからだ。

五代目火影・綱手《ツナデ》から助言をもらいながら、あれこれと指示を出すカカシのもとでは、さらに忙しそうにヤマトも動き回っていた。カカシに頼まれて、気がついたらいつの間《ま》にか、かなり面倒な雑用を任《まか》されてしまっていたのだ。だが、笑顔を浮かべたカカシから、「頼りにしているよ」なんて言われてしまうと、悪い気はしない。

ふだんは冷静沈着で、あまり表情を変えないヤマトが、やたらと機嫌《きげん》良く、ニコニコ顔で雑用に励んでいた。先輩であるカカシを心から尊敬しているからこそのこの顔である。

そしてリーとガイは、ダンベルを持ってきて周囲の人たちを驚かせていた。

「こんな日にまで修業をしているなんて……」などと半《なか》ば呆《あき》れ気味に言われていたが、彼らが修業のためにそれを持参したわけではないということを、みなはまだ知らない。

テンテンは、熱く叫ぶリーとガイの保護者であるかのように、あれこれとふたりの世話を焼いていた。迷惑そうに、しかし、心底楽しそうに文句を言う。

シカマルは、テマリとなにやら話しこんでいた。難しい仕事の話かと思われたが、ふたりの表情は明るく、時々笑いが混じっていた。自然な笑顔を浮かべるふたりは、こうして並んで立っていても違和感がない。お似合いのふたりだ。

そんなふたりの姿を見つめながら、チョウジも微笑《ほほえ》んでいた。

いい雰囲気のふたりの邪魔にならないようにと思いつつも、その頭の中ではすでに、会場に用意された色とりどりの料理を、どうすれば効率よくすべて取ることができるのかという難題の解決方法を模索していた。シカマルが考え出すような、なにかものすごい秘策が必要だと、チョウジは思考する。ただ、いくら考えても思いつきそうになかったので、すぐに片っ端から食べていくという結論にたどり着いて、チョウジは再び微笑んだ。

いい雰囲気といえば、いのとサイもだ。手をつなぎながらいっしょに会場入りしたふたりは、周囲から「熱いねぇ！」と冷やかされながらも幸せそうだ。

そのすぐ近くで、先ほどから何度も紅《くれない》に質問をくり返しているのはキバだ。

キバは、蜂蜜酒《はちみつしゅ》を掲げながら意気揚々《いきようよう》と「ナルトの野郎に千手《せんじゅ》一族の歴史を語り聞かせてやるんだ」と張りきっていたのだが、どうも歴史の理解が曖昧《あいまい》だったらしく、同じような質問を何度もくり返しては紅をうんざりさせていた。ついには即席で紅の歴史の授業がはじまってしまったほどである。紅の話を聞きながら、キバは慣れない手つきでちまちまとメモを取っていた。あとでカンペとして使うためだろう。

そのとなりでは、おめかしをしたミライが、赤丸《あかまる》の上にのって遊んでいた。

つまりはお馬さんごっこをしているわけなのだが、犬にのっても『お馬さんごっこ』なのだろうかと、シノはふと思う。そして、キバや赤丸の様子を眺めながら、蜂蜜酒を渡すのはいつ頃がいいだろうかと考える。やはり、切り札のように最後まで温存、様子見《ようすみ》してからのほうがいいのだろうか。それとも、最初のほうがいいのか。

悩むところだ。なぜなら……と、シノは延々とひとり黙って考え事を続けていた。

会場には、次々と馴染《なじ》みの顔がそろっていった。

一楽《いちらく》の店主テウチと、看板娘のアヤメも顔を見せる。

イルカは、会場に着いた頃からすでに感極《かんきわ》まっている様子であった。

よく晴れた日だった。

サクラは、ひとり空を見上げていた。

そうして、同じ空の下、今もどこかで流浪《るろう》の旅を続けているであろうあの人のことを考える。そうするだけで、この空と同じように、晴れやかな気持ちになる。

想《おも》う人がいる。

ただそれだけで、こんなにも幸せになれる。

まるで、天が祝福してくれているかのような、よい日だった。

そして——


日向《ひゅうが》ヒナタもまた、空の彼方《かなた》に想いを馳《は》せていた。

——ネジ兄さん……。

控え室の窓からは、雲ひとつない青空が見える。

——私、結婚します。

心の中でつぶやいて、ヒナタは、となりに立つ青年を見上げた。

精悍《せいかん》な横顔に、思わず胸が高鳴る。ずっと見てきたはずなのに、こうしているだけで、初めて出会った幼いあの日のように鼓動が速くなっていく。

青年の真《ま》っ直《す》ぐな瞳《ひとみ》の先にあるのは、火影岩だ。歴代火影の顔岩を見つめていたのだ。

正確には、四代目火影・波風《なみかぜ》ミナト——自分の父親の顔岩を見つめていた。

そんな青年の横顔を見つめているだけで、ヒナタの胸はいっぱいになってしまう。

ああ、とヒナタは思う。

こうして大好きな人のとなりに立てているということが、たまらなく嬉《うれ》しい。言葉では言い表せないほど、嬉しい。幸せだと、素直にそう思う。

今、この瞬間——

すると、ヒナタの視線に気づいたのか、青年と目が合った。

それだけで、ヒナタの頬《ほお》は赤くなってしまう。そわそわしてしまう。

青年もまた、照れ笑いを浮かべていた。先ほどまでの精悍な顔つきから一転して、無邪気な少年のような顔になる。その様《さま》が、どうしようもなく愛《いと》おしい。

控え室に、ヒナタの父ヒアシと、妹のハナビがやって来た。そろそろ、時間のようだ。

ヒナタは、青年の腕を、ぎゅっと抱きしめた。


うずまきナルトと日向ヒナタ。

まもなく、ふたりの結婚式がはじまろうとしていた。

NARUTO-ナルト-
木ノ葉秘伝 祝言日和

2015年5月6日 第1刷発行
2015年10月6日 第6刷発行

著者 岸本斉史◎ひなたしょう
編集 株式会社 集英社インターナショナル
〒101-8050 東京都千代田区一ツ橋2-5-10
TEL 03-5211-2632(代)
装丁 川畠弘行(テラエンジン)
編集協力 添田洋平(つばめプロダクション)
編集人 浅田貴典
発行者 鈴木晴彦
発行所 株式会社 集英社
〒101-8050 東京都千代田区一ツ橋2-5-10
TEL 03-3230-6297(編集部)
03-3230-6080(読者係)
03-3230-6393(販売部・書店専用)
印刷所 共同印刷株式会社

Printed in Japan ISBN978-4-08-703360-1 C0093
検印廃止

本書は書き下ろしです。